A mis Ernestos,
mi padre y mi hijo.
Sin olvidarme de
mi mujer, Mónica.

1

León, España. 1937

—Perdona, Señor, porque no sé lo que hago.

Jacinto se fijó en la mirada del Cristo que había en el retablo y pensó que le estaba mirando como un padre mira a un hijo cuando le perdona.

Un poco menos culpable, dio la vuelta y se dirigió hacia el fondo de la iglesia donde estaba expuesto el Cáliz de doña Urraca sobre una mesa de madera envejecida. Metió la mano en el bolso del abrigo y saco el pequeño paquete envuelto en papel donde había guardado el dedo ensangrentado. Recordó el pacto.

Miró a su alrededor y solo había una señora rezando el rosario y un monaguillo limpiando una pequeña virgen con un trapo. Pensó que era el momento ideal de acabar con la locura que hacía unos días había empezado en una pequeña tasca cerca de la prisión de San Marcos. Sin ni siquiera comprobar si estaba el otro "paquete", soltó el suyo y se dirigió hacia el portalón de la iglesia, dejó un pequeño donativo sobre el cepillo y se fue a toda prisa. Todavía le temblaban las manos pensando en lo que había hecho, pero estaba alegre. Rogelio lo estaría aún más.

Recordó cuando la Guardia Civil llegó a su casa en el barrio de San Claudio para detener a su padre.

—Buenos días, señora —le dijeron a su madre—. ¿Se encuentra el señor Cachán?

—¿Padre o hijo? —preguntó ella.

—Padre, suponemos... Preguntamos por un maestro de 54 años. Claudio Cachán.

—Sí, sí, es el padre. Pero... ¿qué ha pasado?

—Por favor, dígale que salga, queremos hablar con él.

Su madre sabía que nada bueno podía hacer la Guardia Civil en la puerta de su casa en tiempos de guerra. Los nacionales ya habían tomado León y se estaban dedicando a encerrar en la cárcel de San Marcos a todo aquel que tenía algún pasado en la república o, simplemente, algún pasado. No podía hacer otra cosa que llamar a su marido, muy a su pesar.

Cuando se dio la vuelta Claudio ya se encontraba detrás de ella. Era un hombre con cara de buena persona, dedicado a enseñar las cosas más importantes de la vida y los pequeños placeres que todo hombre encuentra en el saber: los ríos, las provincias, los reyes, las letras. Con el miedo en el cuerpo al oír a la Guardia Civil, se levantó del sofá y fue hacia la puerta, era el padre de familia.

—Buenos días, yo soy Claudio Cachán. ¿Qué se les ofrece?

Los 4 guardias civiles apretaron con la mano derecha la cinta del fusil.

—Tiene que acompañarnos, está usted detenido —le dijo uno de ellos, el más mayor. Tenía cara de pocos amigos.

—¿Yo? —respondió Claudio estupefacto— ¿Y se pude saber de qué se me acusa?

—Rebelión Militar, Republicano y por ideas contrarias al Movimiento Nacional.

—¡Rebelión Militar! ¡Republicano! —gritó la mujer— Pero cómo es posible si mi marido es una persona que está en contra de la guerra. No está afiliada a ningún partido y nunca se rebeló en contra de nadie.

—Tranquila cariño, imagino que se aclarará todo en las dependencias judiciales. Sea.

Claudio les acompañó sin oponer resistencia, pues no era culpable de nada. Trató de tranquilizar a su mujer pero sabía que en los días que le había tocado vivir las cosas se aclaraban pocas veces. Aun así, quiso calmar a su mujer antes de irse.

—No tardaré en volver, seguro que es un error.

—¡Por favor, no se lo lleven! —gritó llorando la mujer—. Es mi marido y no ha hecho nada, se lo juro. Toda su vida se ha dedicado a enseñar a leer y a escribir a los niños de la escuela. ¿Eso es un delito?

La mujer de Claudio sabía que muchos no volvían.

—Depende de lo que enseñe, señora —dijo el guardia que hablaba—. Nosotros no hacemos juicios, solo hacemos lo que nos mandan, y a su marido le han acusado por escribir textos republicanos, comunistas o de lo que sean. Son textos que incitan a la rebelión. No podemos decirle nada más. Si es cierto que no es culpable, todo se aclarará y no pasará nada.

Jacinto, el hijo de Claudio, todavía podía oír los gritos y llantos de su madre mientras la guardia civil llevaba esposado a su padre por la escalera hacia el camión que estaba aparcado en la acera. En el momento de la detención, Jacinto subía por las escaleras de su casa y se encontró con su padre acompañado de los cuatro guardias civiles que bajaban por las escaleras.

—¡Padre, qué pasa!

—Nada hijo. Seguro que es una confusión, sube y tranquiliza a tu madre, dile que mañana todo esto será un mal recuerdo. Te quiero.

Un vecino al oír el alboroto salió a la escalera y en voz baja, al pasar Jacinto por su puerta, cuando subía, le oyó susurrar "Familia de comunistas...". Algo iba mal.

Jacinto le espetó una mirada que asustó al vecino y se metió dentro de casa rápidamente, por si acaso. Aferró a su madre entre sus brazos para tranquilizarla.

—¿Qué ha pasado, madre?

—¡Dios mío, hijo, se han llevado detenido a tu padre! Según los guardias, por rebelión militar y republicano.

Jacinto sabía que su padre siempre comulgó con los republicanos, pero nunca había pertenecido a ninguna organización, ni siquiera cuando empezó la guerra. Cuando los nacionales entraron en León, muchos amigos de su padre se fueron a Asturias en busca de refugio por lo que pudiera pasar, pero su padre pensó que nunca se había metido en líos y que no podrían acusarle de nada. Sin embargo, se había olvidado de un artículo publicado en el pequeño periódico La Democracia, dirigido por el alcalde Socialista de León Miguel Castaño.

Claudio acababa de llegar como maestro a Folgoso de la Ribera, cerca de Bembibre, donde pasaron los primeros años de vida de Jacinto. Le hicieron una pequeña entrevista para un periódico como maestro recién llegado. "¿Qué opina de la política actual del país?", le preguntó el periodista. "Creo que este país se merece alguien que gobierne por y para el pueblo. Todos deberíamos impedir que reyes o cualquier otro ciudadano puedan tener privilegios solo por el hecho de 'ser o nacer' mientras otros pasan hambre. No sé si llegaremos a una guerra, pero desde luego yo estaré a favor de aquellos que defiendan a los ciudadanos del pueblo, comunistas, republicanos o lo que sean". Se olvidó de aumentar la lista con los franquistas y falangistas.

Miguel Castaño, alcalde de León, dirigente del PSOE y del periódico, fue fusilado el 21 de noviembre de 1936 en el Campo de

Tiro de Puente Castro, un pueblo aledaño a la capital leonesa. Claudio ya no recordaba la entrevista para su periódico.

Eran días de chivatazos, venganzas y todo tipo de atropellos sin sentido, solo por el hecho de hacer mal a alguien o porque no te caía bien, por unas tierras, por ideas contrarias, por cualquier cosa. Mucha gente se aprovechaba de la situación para acusar injustamente y resolver viejas rencillas.

—Madre, tranquila. Ahora mismo voy a San Marcos, allí es donde llevan ahora a los detenidos. Me enteraré de algo más, pero por Dios tranquilícese, le va a dar algo.

San Marcos había sido de todo: convento, prisión, casa de misiones, escuela de veterinaria, hospital. Desde que los nacionales entraron en León y vencieron, lo habían convertido en un centro de concentración donde alojaban a los prisioneros de la guerra: rojos, comunistas, socialistas, afiliados al sindicato y gente de bien sobre los que albergaba alguna duda. De San Marcos salían camiones para "dar el paseíllo" a presos que ya no volvían. Los nacionales no querían complicaciones. Estaban ganando la guerra, pero tenían que limpiar la nación.

Jacinto dejó a su madre en casa cuando paró de llorar y suplicar a Dios por su marido. Se dirigió a San Marcos.

En la puerta, un militar le puso mala cara.

—¿Dónde te crees que vas?

—Vengo a preguntar por mi padre, que acaba de ser detenido.

El soldado le miró con pesar, como presintiendo algo que no tenía remedio.

—Bien, pasa por la primera puerta a la derecha. Pregunta al capitán.

Llamó a la puerta y al pasar se encontró en una pequeña sala donde un hombre de uniforme con bigote, estaba sentado mirando unos papeles. A Jacinto no le dio buena espina, el supuesto capitán tenía cara de no querer estar donde estaba.

—¿Quién es usted y qué quiere?

—Me llamo Jacinto Cachán. Vengo a informarme sobre mi padre que ha sido detenido por rebelión militar y otras cosas absurdas. Le agradecería me aclarara si hubo una confusión, o qué es lo que ha pasado.

—¿Una confusión? —dijo el capitán— ¿Cree que nosotros nos confundimos? Nosotros, cuando detenemos a una persona, es por algo, no por confusión. Estamos en guerra, muchacho.

—Pero mi padre... nunca ha sido rebelde ni nada por el estilo.

—Supongo que es el hijo del maestro Claudio Cachán. ¿No es así?

—Sí, soy su hijo.

El capitán sacó del cajón una carpeta vieja con el nombre de su padre en la portada, la abrió y le dio a Jacinto una hoja de papel de periódico que había dentro. Jacinto leyó la entrevista a su padre.

—¿Y esto qué significa? —preguntó Jacinto.

—Pues muchacho, significa que su padre es republicano o comunista. Significa que está en contra del régimen que vamos a establecer en este glorioso país y que, desafortunadamente, por gente como su padre tenemos que luchar para conseguirlo. Te recuerdo que por lo menos aquí en León ya hemos ganado la guerra, por mucho que le joda a tu padre, que le joderá.

—Pero señor, esto solo es una entrevista y en ella mi padre no dice en ningún momento nada en contra de nadie, solo que está a favor del pueblo.

—Se puede estar a favor del pueblo de muchas formas y su padre lo está justo de la forma equivocada. De momento está detenido en espera del juicio, ya se verá. Si ahora me disculpa, estoy muy ocupado.

El capitán le hizo un ademán con la mano para que abandonara el despacho.

—¿Cuándo será el juicio?

—No lo sabemos, aquí tenemos más de 1.000 presos, estamos en fechas muy complicadas y los consejos de guerra se hacen de forma masiva. Consiga un buen abogado, es lo único que le puedo decir, nada más.

—¿Puedo verle?

—Acaba de ser encerrado, tendrá que esperar a mañana. Podrá verle en las horas de visita.

Jacinto salió de San Marcos con la cara desencajada. Los rumores eran que todo el que entraba en la cárcel ya no salía jamás. Rumores sobre camiones que se llevaban a los presos de "paseo" con billete solo de ida, rumores sobre que las condiciones en las que estaban los presos eran infrahumanas, rumores. Volvería al día siguiente.

La puerta de San Marcos estaba llena de gente humilde con bocadillos y cara de sufrimiento. La suya también, no había pegado ojo en toda la noche. Jacinto solo quería ver a su padre, lo demás no le importaba, pero aún así, el ambiente que se respiraba era de desesperación. Por fin se abrieron las puertas y todos pasaron medio corriendo, como si alguna mala noticia les esperara dentro.

Jacinto vio a su padre con el pelo rapado y la cara con golpes recientes. Sin embargo, su padre al verle sonrió queriendo quitar hierro al asunto.

—¿Qué tal tu madre?

—Bien. ¿Y tú?

—Bueno, he tenido momentos mejores... Como no hay espacio estamos en celdas pequeñas mucha gente. Por lo demás... bien.

—Padre, ¿esos golpes?

—Nada, ya sabes que aquí al entrar te interrogan y los nacionales tienen fama de ser duros en los interrogatorios, tienen que ganarse su fama.

—Pero... ¿por qué?

—Mira hijo, el caso es que estoy aquí. La gente que lleva mucho tiempo está peor que yo, no quiero llegar a estar como ellos. Lo único que quiero es que esto pase rápido. Si me pasara algo, quiero que sepas que yo no soy culpable de nada. Siempre intenté ser una buena persona, pero a veces la vida se tuerce. Ahora mismo, la cosa pinta mal. Tuve que reconocer lo que ellos llaman "los hechos". Una entrevista que me hicieron hace unos años para un periódico. Al parecer, decir lo que uno piensa, hoy en día, es un delito. No quiero que te preocupes por mí, cuida de tu madre, por favor, ella no está acostumbrada a estar sola. Si algo me pasara....

—No te preocupes papa, te sacaremos de aquí. Encontraremos un buen abogado o alguien que tenga influencia con los nacionales. No sé, alguna cosa podremos hacer. Quizás todo se aclare.

—¿Qué hay que aclarar hijo? Creo que ya lo tienen todo claro. Un abogado o una ayuda de alguien os dejará en la ruina y probablemente no sirva de nada. No hagas nada, esperemos a ver lo que pasa. Confiemos en la justicia, puede que todo se arregle.

—Da igual el dinero, lo sacaremos de donde haga falta. ¡Necesitas que te defiendan de esta injusticia! Tengo un amigo que pertenece al Bloque Nacional. Quizás nos pueda ayudar.

—Hijo, ya reconocí el delito. Todo está claro. No puedo retractarme de algo que está por escrito. Esperemos que no sea muy grave.

—Pero no te pueden encerrar solo por eso.

—Parece ser que sí. Puede que sean comprensivos. Esperemos al juicio. Me gustaría que todo fuera rápido, no sé si podré aguantar aquí mucho tiempo.

Pasaron cinco días, la rutina en la cárcel era insoportable. A Claudio y a los otros 87 presos que estaban con él en la misma celda, los levantaban a las seis de la mañana y, tras evacuar sus necesidades, se les formaba en el patio para que se lavaran en un pozo artesiano. Mientras tanto, los guardias repartían golpes con vergajos y fusiles, sin respetar edades ni situaciones. Entre las nueve y las diez de la mañana, se presentaba el cabo de presos y llamaba a maestros, médicos, veterinarios, abogados y contables; es decir, todo aquel que poseyese una carrera o tuviese algún estudio superior. Claudio era uno de ellos.

Se les dotaba de cubos y escobas con las que tenían que barrer y limpiar las dependencias de sus propios carceleros, al mismo tiempo que pasillos y retretes. Si alguno mostraba resistencia por no permitírselo su estómago o enfermedad, era obligado a hacerlo con las manos, amén de recibir unos cuantos culatazos. Así fueron los primeros cinco días.

El sexto día, Claudio intentó ayudar a un hombre que estaba vomitando mientras limpiaba las letrinas.

—¡Jodido Rojo! ¡Ahora te da asco la Mierda! —le gritó el guardia.

Le dio un culatazo a Claudio en la espalda, cayó boca arriba mareado por el golpe. Cuando el guardia intentó darle otro culatazo en el estómago, le cogió la escopeta con las manos para impedírselo y el guardia cayó al suelo. Al levantarse, tenía los ojos ensangrentados de rabia. Apuntó y disparó a la cabeza de Claudio. Pensó que era mejor así, el sufrimiento cuanto más rápido acabe, mejor.

Acababa de salir de preguntar por su padre de la prisión de San Marcos. Le dijeron que su padre fue ejecutado por rebelarse a las autoridades. Tuvo que sentarse porque notó que las piernas no le sujetaban el cuerpo. No entendía nada.

El capitán en esta ocasión le recibió con dos guardias, uno a cada lado a modo de guardaespaldas, con las escopetas colgadas en el hombro y cara seria, la ocasión lo requería. Se levantó de su mesa y le consoló como un verdugo consuela al ejecutado. El capitán y los soldados salieron de la oficina para dejarle a solas.

Después de un buen rato sentado solo en el garito del capitán, se levantó, no podía creerse lo que le acababan de contar. Se abrochó su gabardina vieja, se enroscó la bufanda para protegerse del frío y se marchó sin mirar atrás, sin poder volver la mirada sobre el lugar donde mataron a su padre. Iba caminando y todo era muy raro, ayer su padre era su padre y hoy era un fusilado más, ya no podría abrazarle, ya no podría preguntarle por las dudas en geografía, ya no podría salir a pasear con él por las calles de León, ya no podría darle un beso al salir de casa, simplemente, ya no podría verlo más. ¿Qué le iba a decir a su madre? ¿Cómo iban a sobrevivir? Ahora todo sería mucho más difícil, pero no tener el cariño de su padre, sería lo que más trabajo le iba a costar asimilar. En menos de una semana Jacinto sintió que su vida era totalmente diferente.

Caminando, sin darse apenas ni cuenta, se encontró abriendo la puerta de un bar cercano a San Marcos. Se acercó a la barra y pidió un vino. Tenía los ojos rojos por el llanto que no pudo llorar.

—Vino. Uno grande por favor.

En el bar solo había tres hombres, dos de ellos tenían una animada charla producto de los vinos que llevaban en el cuerpo sobre si las mujeres rubias eran más guapas que las morenas, seguramente eran de los pocos temas que se podían hablar en los tiempos que corrían, sin peligro de que alguien escuchara y no le gustara de lo que se hablaba.

El tercero era el más alto, llevaba unos pantalones grises de paño con tirantes y una camisa blanca bastante nueva, ropa cara. El abrigo negro lo llevaba entre los brazos aunque en el bar no hiciera mucho calor. Permanecía con el sombrero puesto, lo que le daba un aire de hombre malo, su cara no decía lo mismo. Miró a Jacinto con cara de comprender por lo que estaba pasando, se acercó a la barra, miró al camarero de aspecto viejo por la vida pero joven por edad. Pidió un vino.

—Para mí también grande. ¿Un mal día?

—¿Un mal día? Yo no lo llamaría así. Un día para el que no estaba preparado, simplemente. Da igual, creo que no me apetece hablar del tema. Pero gracias por preguntar.

—Tranquilo, muchacho. Solo quería entretenerme charlando con alguien. Yo llevo ya varios días, exactamente cuatro bastantes malos, quizás tan malos como el tuyo.

El hombre pensó que la única forma de entablar conversación y enterarse de lo que quería, era contarle su pena.

—No sé qué te habrá pasado, pero yo he perdido a mi padre hace cuatro días por culpa de esta puta guerra, bueno más bien por culpa de un cabrón cobarde que se aprovecha de esta puta guerra. Delató a mi padre injustamente y lo fusilaron después de trece días encerrado aquí al lado, en San Marcos.

—¿Conoces al delator? —preguntó Jacinto.

—Sí, lo veo casi todos los días en Astorga, mi pueblo, el muy... anda por el pueblo como si nada, encima creo que no se arrepiente en absoluto. El caso es que delató a mi padre para poder quedarse por cuatro duros con sus tierras, que deberían ser mías, pero eso no es lo realmente importante. Mi padre fue un buen hombre que siempre ayudó a todo el que pudo y nunca se metió en ningún lío, pero este hijo de mala madre, es el cuñado del comandante que ahora manda en Astorga. El muy cabrón anda por ahí diciendo "voy a liberar a nuestro pueblo de la Anarquía y el Comunismo". En una dictadura, en la muerte y la injusticia es donde nos han metido. Su cuñado se quiere hacer el dueño de todo el pueblo fusilando a todo aquel que tenga algo que le pueda valer para hacerse rico.

—Lo siento mucho, de verdad. Pero no merece la pena torturarse. Ya no hay remedio, mejor beber y callar —replicó Jacinto.

—¿No hay remedio? Amigo, la injusticia hay que combatirla. ¿Qué va a pasar con este país si dejamos que se salgan con la suya? ¡Hay que darles un buen escarmiento!

Jacinto miró hacia los dos lados, hablar así a un desconocido en un bar no era algo habitual. Aun así le contestó:

—En esta guerra creo que ya luchan demasiados.

—Yo no hablo de la guerra. Yo hablo de injusticia, de falsos testimonios, de gente que hace daño. Incluso son capaces de llevar al paredón a gente inocente solo para ganar algo de dinero. No les importa delatar injustamente a los demás. La guerra es a veces un buen vehículo para esta gentuza. Yo hablo de escarmentar a todos éstos. De eso hablo.

—¿Escarmentar? —preguntó Jacinto.

—Sí, no se pueden salir con la suya. Hay que dejarles un buen recuerdo, un recuerdo que no olviden mientras vivan. Pero bueno, no nos hemos presentado, yo soy Rogelio Suárez, encantado.

—Jacinto, encantado.

—¿Por qué no nos sentamos en esa mesa y ahogamos nuestras penas con otro vino? ¡Camarero!, ponga otros dos vinos de los grandes, por favor. Invito yo.

Jacinto se sentó en la mesa con Rogelio, sin saber muy bien para qué, pero lo de ahogar las penas le pareció buena idea en ese momento. Se sentaron y posaron sus vasos de vino, uno en frente al otro. Antes les dieron un buen trago.

—Bueno, Jacinto. ¿Y tú?

—¿Yo?

—¿Cuál es tu pena?

—Mi pena es más reciente, de hoy mismo. Acaban de decirme que mi padre ha muerto, más bien que lo mataron.

—¿Estaba preso en San Marcos?

—Sí, solo duró cinco días. Le dieron un tiro por enfrentarse con un guarda en la prisión. Por lo menos, esa es la versión oficial.

—¿Quién lo delató?

—¿Lo delató? —preguntó Jacinto. No sabía de qué le estaba hablando.

—Si lo prefieres. ¿Por qué estuvo detenido en San Marcos?

—Por escribir un artículo absurdo, una tontería. Le culparon de rebelión militar y republicano. ¡Qué tontería! Mi padre nunca militó en ningún partido. Únicamente le hicieron una entrevista en un periódico en la que defendía al pueblo y criticaba a los que se enriquecían a costa del pueblo. ¿Eso es ser republicano?

—¿Una entrevista? ¿Era alguien importante?

—¡Qué va! Era maestro. Me resulta difícil decir era. Llegó como maestro nuevo a un pueblo. Un periodista le hizo una entrevista, probablemente para rellenar algún hueco del periódico.

—¿Qué periódico?—preguntó Rogelio.

—En la Democracia.

—¡Joder! ¿Ese no era el de Miguel Castaño, el alcalde de León que fusilaron hace poco?

—Sí, creo que sí. Estoy seguro de que en ese momento ni lo sabía.

—¿En qué pueblo fue?

—En Folgoso de la Ribera. Pero…. ¿Eso qué más da?

—Mira, la mayoría de los que están presos en San Marcos es porque alguien les delató, seguro que le acusó de algo en contra del nuevo régimen, ese tan maravilloso que quieren implantar en España. La guerra no solo quieren ganarla en el frente, también quieren ganarla acabando con todos los posibles anti régimen. Les da igual si la acusación es falsa o no, ellos lo único que quieren es estar seguros de que no quede nadie sospechoso, lo tienen claro, si la acusación la hace alguien cercano a sus ideas, mejor. No hay que investigar mucho, se detiene, se fusila y uno menos. A tu padre no le fueron a detener por ese artículo, lo detuvieron porque alguien les dijo lo del artículo, no creo que los nacionales lean todas las noticias de los periódicos. Alguien le acusaría, les enseñaría el artículo y les daría algunas buenas ideas para detenerle y matarle. Seguro que hasta le conoces.

—¿Tú crees? No pienso que mi padre tenga muchos enemigos. Bueno, eso creo.

—Mira, si tú quieres darme el nombre de tu padre yo haré algunas averiguaciones. Me enteraré de quién fue. Tengo contactos dentro de los nacionales, me proporcionan buena información, a cambio de dinero por supuesto.

—¿Crees que alguien le delató de verdad?

—¡Seguro! Quedaremos aquí mismo a las cinco de la tarde el viernes que viene, dentro de una semana. Si averiguo algo te lo diré. Si no es así, tomaremos un vino. Pero entonces invitarás tú.

—¿Por qué harías eso por mí?

—Si es lo que yo creo, en una semana lo sabrás.

La luna comenzaba a verse entre el cielo nublado. Rogelio estaba apoyado en una columna de los soportales de la Plaza Mayor de León, eran las ocho de la tarde. Se aproxima un hombre vestido de militar. Rogelio le espera. El militar saca un papel que entrega a Rogelio. Le entrega un sobre con dinero, el militar lo examina, hace un gesto de asentimiento y se marcha por donde vino. Rogelio lee el papel, su cara esboza una sonrisa y piensa en la oscuridad "lo sabía, amigo Jacinto, puede que seas mi hombre".

2

Jacinto pasó la semana bastante liado entre el entierro y consolar a su madre. De vez en cuando pensaba en lo que dijo Rogelio en el bar, no podía dejar de darle vueltas a quién podría haber delatado a su padre. Quizás Rogelio exageraba y, simplemente, no había delator. Deseaba que llegara el viernes. Necesitaba saber si todo esto tenía algún sentido.

—Un vino grande, por favor —Jacinto llegó diez minutos antes de la cita.

Al poco tiempo, se abrió la puerta del bar y Rogelio entró con su porte elegante, se quitó el abrigo que colgó de sus brazos, pero el sombrero lo dejó en su cabeza y se acercó a Jacinto.

—¿Nos sentamos en la mesa, compañero? —le preguntó a Jacinto.

Los dos hombres se sentaron en la misma mesa en la que tomaron el último vino hacía una semana. En el bar solo estaba el camarero y otro cliente en la barra, nada preocupante.

—Bien, Rogelio. ¿Sabes algo? —Jacinto no podía esperar más, pasó de formalismos.

—¿Cómo estás, Jacinto? La buena educación nunca se debe perder —le dijo—. Ya sé que nervioso, pero eso no nos va a servir para la tarea que tenemos por delante.

—¿Tarea? Bueno... da igual. Estoy bien. Pero con ganas de saber algo. Esta semana no he dejado de pensar en lo que hablamos. Quiero saber si es cierto que existe un delator o no. Lo veo poco probable, pero nunca se sabe. A mí no se me ocurre nadie.

—¿Te suena el nombre de Lorenzo Pedrales Romero?

—La verdad es que no.

—¿De Folgoso de la Ribera?

—¡Joder! Es un cacique del pueblo donde dio clases mi padre. Se llevaba mal con él porque la casa que le concedieron a mi padre, una casa del pueblo, era donde vivía su hija y al llegar nosotros tuvo que cedérnosla. Un día en el bar creo que dijo que los rojos deberían vivir en Rusia o en la calle, que es de donde vienen, malhumorado porque su hija tuvo que volver a su casa. Mi padre no le dio la menor importancia.

—Pues ahora creo que la hija ha vuelto a la casa del maestro. Él fue el delator. Enseñó la noticia del periódico a los nacionales. El resto ya lo sabes.

—¿Pero solo por la entrevista en el periódico?

—Mira, seguro que además de eso, algo les contaría, todo falso, solo quieren hacer daño, nada más, no se dan cuenta de que el daño que hacen es tan grande, solo piensan en ellos, en su venganza. Son capaces de mentir en lo que sea con tal de aplacar su odio. Si encima tienen una historia en su vida cercana al franquismo, nadie les llevará la contraria. ¡Son defensores de la Patria!

—¡Qué cabronazo! Lo mataría ahora mismo con mis propias manos.

—Tranquilo. Me preguntaste la semana pasada por qué hacía esto por ti. Es hora de que lo sepas. Busco alguien que me ayude a que estos delatores no se olviden de su acusación durante el resto de sus miserables vidas. El otro día cuando te vi entrar por la puerta, tuve una corazonada, pensé que eras el hombre que me iba ayudar. Tú tienes una persona que acusó falsamente a tu padre, yo otra, los dos murieron por eso, por un cabrón mentiroso. En eso estamos en igualdad de condiciones. Creo que podemos saciar nuestra sed de venganza sin que nos descubran. Tengo un plan.

—Cuéntame. Soy tu hombre —Jacinto no dudó ni un momento en escuchar el plan de Rogelio.

—¿Qué hacen estos hijos de mala madre? Acusar falsamente y buscar la ruina de otras personas, en definitiva hacer daño. Son el dedo acusador, nosotros se lo arrancaremos para que nunca más lo usen. Yo no podría matar, creo que tú tampoco, pero sí dejarles un recuerdo que les impida olvidar.

—¿Un recuerdo?

—Debemos acabar con el dedo acusador. Les cortaremos el dedo con el que acusan, el índice. Yo a tu hombre y tú al mío. No nos podrán relacionar. Cuando yo haga mi trabajo con tu hombre, tú deberás estar en algún sitio que te vea mucha gente, que vean que es imposible que fueras tú. Lo mismo haré yo cuando tú le cortes el dedo al mío.

—¿Cortarles un dedo? ¿Qué venganza es esa?

—Toda su vida verán que no tienen el dedo y recordarán por qué. Debemos asegurarnos de que se enteren que se lo han cortado por delatar y acusar en falso. Jamás se olvidarán al verse la mano. Con eso dedo seguro que no señalan a nadie más para llevarle a la cárcel o a la muerte. Además, siempre que le veas, seguro que sonreirás más que él. Verás en su mano tu venganza. Se lo pensarán antes de acusar a otra persona...

—De acuerdo. ¿Cómo lo haremos?

—Mira dentro de tres días mi delator viene a León a arreglar unos papeles, ya me he asegurado de eso. Solo tienes que seguirle por donde yo te diga. Llevarás una navaja y amoniaco empapado en un trapo. Cuando pase cerca de un portal le empujarás y le golpearás fuertemente, muy fuerte. Luego le pondrás el paño en la nariz y cuando esté tranquilo, le estiras la mano y le cortas de un buen tajo el dedo. Recuerda: es muy importante que le cortes el dedo índice. Es el dedo con el que se señala. No quiero que señale a nadie de nuevo. Además deberás dejar una nota en un lugar donde pueda encontrarse: "Por mentir y acusar el dedo se va". ¿Lo tienes claro?

—Sí. ¿Qué haremos después? —Jacinto pensó que Rogelio tenía todo muy pensado, no era algo que se le ocurriera de repente.

—¿Qué haremos? Lo tienes que hacer tú solito. Yo estaré en Astorga, quiero que me vean ciertas personas para que no tengan dudas sobre mí cuando vaya a denunciar que le falta un dedo.

—Entiendo. Pero luego qué hago con el maldito dedo. ¿Tirarlo?

—No. El dedo lo llevarás a la Iglesia de San Isidoro. Lo pondrás detrás de la caja del cáliz de doña Urraca que hay en una caja de cristal. Yo haré lo mismo con "tu dedo". Quiero que acaben encontrándolos. Encontrarlos en ese lugar desviará la atención de la Guardia Civil, pensarán que es un rito o algo parecido y no le darán mucha importancia. No está el país para hacer muchas investigaciones. Nosotros y los hijos de mala madre sí lo sabremos. Dejaremos la misma nota que cuando les cortemos su maldito dedo. ¿Tienes algo que hacer mañana?

—Tengo una misa por mi Padre. Ya ves, parece una ironía. Le matan por rojo y celebramos una misa por su alma. Mi madre lo quiere así.

—¡Estupendo! Que te vea mucha gente. Mañana tengo un trabajito en Folgoso de la Ribera. ¡Camarero!, otro vino. Largo por favor.

Los dos días siguientes Jacinto no dejó de pensar en la venganza y en cómo Rogelio lo tenía todo pensado y preparado, tuvo que sufrir mucho la muerte de su padre. Mañana tendría que cortar el dedo a una persona de la que no sabía ni su nombre, solo sabía cómo era por una fotografía en blanco y negro, pero sí sabía que un nuevo amigo se iba a poner muy contento. ¿Tendría valor cuando llegara el momento? Pensó en su padre. ¿Habría Rogelio acabado el trabajo en Folgoso? Pensó de nuevo en su padre.

Un hombre paseaba por un callejón con un traje de color gris y pelliza de pana. En la solapa un pin de la falange y de la bandera de España. No había duda, era él. Era el hombre que acuso al padre de Roberto. Jacinto llevaba dentro de su gabardina una navaja y un paño con un bote de amoniaco, tal como le dijo Rogelio. Le seguía nervioso. El hombre, tranquilo, parecía que nunca había hecho daño a nadie, pero Jacinto sabía que sí. Un empujón, un puñetazo en la cara, un trapo que se moja en amoniaco. Jacinto sacó su navaja, la abrió rápidamente, extendió la mano y cortó el dedo índice. El hombre hizo un gesto de dolor pero no se despertó. La anestesia hizo el efecto deseado. Le miró a la cara. Pensó en su padre. Sangraba demasiado y Jacinto no quería ensuciarse: "Ojalá estuviera aquí Rogelio para verlo", pensó. Creo que es hora de ir a misa. Dejó una nota al lado del hombre y se fue corriendo dirección San Isidoro.

Pasaron ocho días. Se encontraban en el bar de siempre.

—Buen trabajo—dijo Rogelio.

—Igualmente —contestó Jacinto—. No pensaba que iba a sentirme tan satisfecho, la guardia civil ni siquiera se ha pasado por mi casa.

—Por la mía sí, pero no hay problema. No pueden demostrar nada, solo intuirlo. Ya he visto a mi "amigo" por la calle y te puedo asegurar que fui yo quien sonrió esta vez.

—Yo a mi "amigo" no lo he visto, pero creo que un día de estos voy hacer un viaje hasta Folgoso, hace mucho que no voy por allí y quisiera ver a un viejo conocido.

Los dos sonrieron.

La puerta del bar se abrió, un hombre delgado y canoso entró. Sus ojos estaban sonrojados, seguramente del llanto que hacía poco tuvo en los ojos. Pidió un vino largo en la barra y el camarero miró a Jacinto y Rogelio que estaban sentados en su mesa.

—Rogelio.
—Dime.
—Creo que hay alguien al que le sobra un dedo.
—Yo también.

3

León, 2014, En la actualidad

—¿Que por qué le llaman Tuca? —El Inspector Compadre se rió a carcajadas, realmente se llama Jorge.

—¡Joder, Compadre, no digas mi nombre! —Compadre volvía a sonreír.

—Pero si todo el mundo en León te conoce por Tuca. Qué más te da que te llame Jorge.

—¡Otra vez, coño! Precisamente por eso. No quiero que solo sepan mi verdadero nombre unas putas.

—Oye, no hace falta que seas tan grosero —dijo una de las señoritas.

—Perdón... unas señoritas putas —Tuca se puso serio y las putas más.

—Bueno, tengamos buen rollito, el caso es que cuando éramos jóvenes, unos niños casi, Jorge estaba todo el día diciendo: "Tú, cabrón, pídeme una copa. Tú, cabrón, dame un cigarro. Tú, cabrón, de dónde vienes". Y de tú, cabrón... salió lo de tuca, ya veis que una chorrada te puede dejar marcado para toda la vida. ¿Verdad, Jorge?

—¡Que no digas mi nombre delante de la putas, joder! —gritó Tuca.

—¡Qué os den! —saltaron las putas.

—Joder, yo pensé que iba a ser al revés, que os íbamos a dar nosotros. ¿No era ese el plan, Compadre?

—¡Vámonos, Petunia!

—Compadre y Tuca comenzaron a descojonarse aunque se quedaron solos.

—Tuca, será mejor que nos piremos, son las cinco de la mañana y es martes. Mañana tengo que madrugar para ir al curro.

—Joder, a mí Nati no sé si me dejará entrar.

Tuca llevaba casado cinco años con Nati, profesora de Música en el Conservatorio de León, aunque no tenían hijos. Le dejaba salir, pero a veces le echaba de casa unos días cuando se pasaba de la cuenta. Tuca siempre se disculpaba con su trabajo de abogado, alegando que estuvo con unos clientes. Al final Nati siempre le dejaba volver, pero no le perdonaba.

Algunas veces Tuca y Compadre salían de vinos y acababan de copas. Lo habitual es que Compadre saliera los fines de semana. No estaba casado, tenía 43 años pero sus pocas relaciones serias no duraban mucho tiempo. Las mujeres le abandonaban a los pocos meses de relación. Tuca tenía más suerte, Nati no le abandonaba.

Si se encontraban tomando un vino a diario, era fácil que les dieran las cinco de la mañana. Normalmente los únicos garitos que estaban abiertos un martes o un miércoles en León, y a esas horas, eran los clubes de alterne. Ellos solo alternaban, no llegaban nunca a más, lo que realmente les importaba era que les sirvieran una copa para seguir la fiesta.

—¿Sabes lo que te digo? ¡A tomar por el culo! Vamos a tomarnos la arrancadera —dijo el Inspector Compadre.

—No, Compadre. Venga, ya la hemos liado bastante para ser un martes, si nos vamos ahora, igual hasta libramos y todo.

Tuca y Compadre, con paso no muy decidido, ni muy recto, salieron del local. Fueron caminando juntos varias calles en dirección al centro de la ciudad. Un coche de Policía se detuvo al lado de ellos. Dos agentes, un hombre y una mujer bajaron del coche.

—Perdón, señor Inspector, íbamos a pedirles la documentación. Ya sabe... el protocolo a estas horas de la mañana —dijo el policía hombre.

—Tuca, acabo de enamorarme. ¿Quién es esta hermosa policía, Juan?

Juan, el hombre policía de la patrulla se quedó sonriendo, sabía que el Inspector estaba de fiesta.

—Señor Inspector, es la nueva agente, se llama Clara. Está asignada conmigo de compañera de patrulla. Es de Ponferrada.

—Encantado —añadió Compadre—. Espero verla durante mucho tiempo por aquí. Tuca, ¿has visto que compañera? A veces el amor surge en el trabajo. Mañana tendré un motivo más para ir a trabajar.

—¿Mañana? Compadre, no digas tonterías, dirás hoy. Irás jodido a trabajar, seguro. Venga, vámonos y perdone, agente, se nos alargó un poco el día —soltó Tuca a Clara, mientras la miraba suplicando que no tuviera en cuenta a su amigo.

Los dos agentes se montaron en el coche patrulla, Clara no dijo nada, pero soltó una sonrisa al despedirse.

Tuca y Compadre se despidieron con los besos típico de los borrachos cariñosos en el lugar donde cada uno tomaba su camino.

Tuca se fue a casa y entró lo más silencioso que pudo. Nati estaba acostada y durmiendo. Él tenía que acostarse a dormir la mona. Igual Nati al día siguiente no se enteraba de la hora y el estado en que había llegado. Se quitó la ropa tambaleándose, a oscuras, y la dejó dentro del armario sin colocar. Compadre se acostó solo.

Al día siguiente Compadre se levantó a las 12 de la mañana. Se tomó un paracetamol y un Almax, sin desayunar. Era el remedio más eficaz para la resaca y él lo sabía bien. Se dio una ducha, preparó un café solo, se vistió y salió de casa pensando en lo que iba a decir en Comisaría.

—Buenos días, señor Inspector.

—Buenos días, agente.

Compadre subió las escaleras de la Comisaría hasta el segundo piso donde tenía su pequeño despacho. Abrió la puerta y una vez dentro suspiró: "Joder, qué resacón". Se sentó en su mesa con las manos en la cara para ver si se le pasaba un poco el dolor de cabeza. Cuando se le estaba pasando, se abrió la puerta y entró el Inspector Jefe Lorenzo.

—Compadre. ¿A qué hora has llegado hoy? Vine hace una hora preguntando por ti y aquí no había nadie.

—Fui al bar de la calle Ordoño II a comprobar si todo iba correcto después del robo del domingo por la noche —Fue la primera excusa que se le ocurrió—. Tomé un café y hablé un rato con el dueño. Me dijo que la aseguradora le pidió la denuncia que puso en Comisaría. Le dije que yo mismo se la llevaría. Por eso no me encontraste.

—Da igual —Lorenzo tenía prisa.

El Inspector Jefe Lorenzo le dejó una carpeta sobre la mesa. En la portada ponía "Caso Cortadedo".

—Hoy a las 9 de la mañana nos avisaron del Museo de San Isidoro que habían encontrado un dedo cortado detrás del Grial, ese que ahora se está haciendo tan famoso porque dicen que es el auténtico. El dedo parecía de corte reciente. Tú llevarás el caso. Avisa a Matilla y a Javi Pérez. Espero alguna noticia buena lo antes posible y ojo con la prensa, ya sabes. Grial, dedo... empezarán a inventarse chorradas.

Compadre miró la carpeta y el título. Abrió la carpeta y dentro estaba el informe de uno de los agentes a los que avisó el director del museo, unas fotos y un papel con la nota.

—Ah... se me olvidaba. Nos han destinado a una agente nueva en prácticas. Ayer la mandé de patrulla por la noche con Juan, para que conociera un poco los procedimientos en el coche patrulla. Quiero que aprenda un poco de todo. Hoy por la tarde vendrá a tu despacho, sobre las seis de la tarde, y quiero que forme parte de tu equipo para la investigación del caso. Se llama Clara.

—¿Clara?

—Sí, Clara. Clara García. ¿Algún problema?

Compadre recordó el encuentro de hacía apenas unas horas con una tal Clara. "¿Sería la misma? ¡Quién coño iba a ser sino!", pensó. Agente de policía, patrulla de noche, Juan.... Compadre resopló. Le volvió el dolor de cabeza.

Al poco rato entró por la puerta el agente Matilla. Solía trabajar con Compadre en la mayoría de las ocasiones, pero el Inspector Jefe era reacio a asignar hombres a equipos concretos. No quería compromisos, luego los agentes no querían cambiar de equipo o querían cambiar definitivamente. De esta forma podía disponer de todos, para todo.

—Buenos días, Jefe —dijo Matilla.

—¿Buenos días? Será para alguno.

—Acabo de encontrarme con el Inspector Jefe Lorenzo y me dijo que teníamos un caso nuevo.

—Eso parece. ¿Sabes el nombre del caso?

—Pues no.

—¡Caso Cortadedo! ¿Qué te parece? Tenemos que ir en busca de un hombre que le falta un dedo y de un loco al que le gusta cortarlos. Avisa a Javi Pérez.

Matilla salió del despacho y Compadre se puso a leer el informe con pocas ganas. El informe no ponía gran cosa. El director del museo, un tal Tomás Cañizo, llegó como siempre a las ocho y media de la mañana para abrir el museo. A esa misma hora llegó también la limpiadora, Inés Duque. A las nueve, mientras limpiaba, encontró detrás de la vitrina del Santo Grial algo envuelto en papel de cartón, sujeto con una goma elástica. Lo abrió y dentro se encontró un dedo índice y un papel con una nota. La nota, que tenía algunas manchas de sangre, posiblemente del propio dedo, decía: "por mentir y acusar el dedo se va". La limpiadora se lo comunicó al director, que llamó a la policía. Cuando se presentaron los agentes, se lo entregó. Los agentes sacaron unas fotos, que estaban adjuntas a la nota en el informe. Recogieron el dedo y lo llevaron al hospital, donde lo tienen guardado en hielo por si se encuentra a su dueño. Según el médico era muy probable que incluso encontrando al dueño, no pudieran volver a implantárselo por el deterioro sufrido. Llevaba más de ocho horas desde que se cortó.

Compadre miró las fotos. Una foto del Grial dentro de una urna de cristal sacada desde detrás del dedo cortado, un corte liso, probablemente con un cuchillo o navaja, y otra foto de la nota escrita en un folio en blanco. La nota estaba escrita a ordenador, tinta negra, el análisis grafológico sería imposible.

La puerta se abrió y entraron Matilla y Javi Pérez. Javi Pérez sí era del equipo de Compadre, el único. Tenía el pelo largo con flequillo, vestía vaqueros y camisa de marca, le gustaba siempre ir vestido a la moda. Tenía tirón con las mujeres, pero estaba casado y con dos niños, por lo que nunca llegaba más allá del flirteo. Llevaba trabajando varios años con Compadre y se encontraba a gusto, ya eran amigos aparte de compañeros. Compadre también se encontraba a gusto con él, era listo y si tenían que tomar una copa durante el trabajo no hacía ascos. Además Tuco también le conocía y se habían corrido alguna juerga juntos, eso unía.

—Buenos días, Compadre —dijo Javi.

—Para algunos. Bueno... vamos al tajo. Tenemos que investigar este caso —Les explicó lo que había leído—. ¿Por dónde podemos empezar? Hoy no tengo la cabeza para pensar mucho.

—Deberíamos ir primero al Hospital —dijo Javi—. Tienen el dedo y puede que también se acercara allí su dueño para curarse. Tendrá que ir a algún hospital o clínica después del corte.

En ese momento se abrió la puerta y entró el Inspector Jefe.

—Bien. Ya estáis los tres mosqueteros juntos. ¡Estupendo! Han llamado de la Clínica San Francisco, dicen que ha ingresado un hombre con el dedo cortado y que quiere poner una denuncia. ¡Moviendo el culo!

—Vaya, Javi. Estás que te sales —dijo Compadre—. Vamos a por el coche. ¿Te importa conducir?

Los tres agentes subieron al coche camuflado de la policía y se dirigieron a la Clínica San Francisco, una clínica privada y pequeña, pero de mucha fama en la ciudad. Compadre se sentó en el asiento del copiloto, al poco rato abrió la ventanilla. Era junio, hacía calor y Compadre encontró poco consuelo en el aire que le daba en la cara.

Dejaron el coche en el aparcamiento reservado para los médicos de la clínica y pusieron el cartón de policía en el parabrisas. Entraron por la puerta. En el mostrador del hall de entrada Compadre enseñó sus credenciales a la chica que estaba detrás.

—Buenos días. Soy el Inspector Compadre. Venimos a hablar con el hombre que ha ingresado con un dedo cortado. ¿Dónde se encuentra, por favor?

La chica del mostrador tecleó unos cuantos caracteres en el teclado del ordenador. Levantó la mirada y se dirigió a Compadre.

—Está ingresado en la segunda planta, habitación 213. Su caso lo lleva el Doctor Gutiérrez.

Subieron en el ascensor, al llegar al segundo piso salieron hacia la izquierda, las habitaciones estaban numeradas en orden ascendente. Al llegar a la 213 entraron los tres. Solo había un hombre en una de las dos camas de la habitación. Se encontraba algo mareado con una venda en la mano y un golpe en la parte derecha de la cara.

—Buenos días, soy el Inspector Compadre. Creo que quería poner una denuncia. Cuéntenos.

El hombre se incorporó en la cama con cara de dolor.

—¿Buenos días...? Será para algunos. Me llamo Antonio Lara Tapia. Mire, señor Inspector, ayer por la tarde cuando salía del trabajo un hombre, creo, porque no me dio tiempo a verlo bien, me asaltó en la calle, me dio un puñetazo que me dejó KO. Después, según el doctor Gutiérrez, porque yo ya no me enteré de más, me suministró cloroformo para dormirme y me cortó el dedo índice. ¿¡Quién coño hace estas cosas!?

—No lo sabemos pero intentaremos averiguarlo. ¿Dónde trabaja, Antonio?

—Soy el encargado de dispensar billetes en los Cines Van Gogh. También me dedico a repartir los periódicos de la mañana por los quioscos y bares. Como ve, soy pluriempleado, intento ganarme la vida como puedo, varios trabajo y poco sueldo. Como le decía, salía del cine sobre las seis de la tarde a tomar un café antes de la siguiente sesión y fue cuando ocurrió lo que les he contado. Yo nunca me he metido en problemas, soy un tío normal. ¿Por qué me tiene que pasar a mí esto? —El hombre hizo amago de ponerse a llorar.

—Tranquilícese. Entonces, el dedo se lo cortaron ayer, no hoy.

—Así es, llevo aquí ingresado desde ayer, creo que me darán el alta hoy o mañana como muy tarde. El caso es que no desperté hasta hoy por la mañana.

—¿Y quién le trajo a la clínica?

—Un vecino del portal donde me cortaron el dedo. Me gustaría agradecérselo, pero no sé quién es.

Se abrió la puerta de la habitación y entró un hombre de mediana edad, unos cincuenta años con el pelo corto canoso, ojos negros y una barba de tres días que le hacía más interesante.

—Buenos días, agentes. Soy el Doctor Gutiérrez.

—Buenos días —contestó Compadre—. Espero nos pueda ayudar un poco. Soy el Inspector Compadre. ¿Sabe usted quién trajo a este hombre a la clínica?

—Un vecino del portal donde apareció. Dijo que lo encontró inconsciente en el número 7 de la calle San Claudio, sangrando por el dedo y con una nota al lado. El vecino se llama Pedro. Vive en el tercero derecha.

—¿Una nota?

—Sí, un papel, aquí lo tengo, lo traje porque pensé que debería dárselo.

El doctor sacó un papel del bolso de la bata blanca y se lo dio a Compadre. "Por mentir y acusar el dedo se va".

—¿Es la misma nota que encontraron en San Isidoro? —preguntó Javi.

—Sí, está escrita por ordenador en tinta negra, igual que la que tengo en la carpeta. Oiga, Antonio... ¿Encuentra algún sentido a lo que dice esa nota? No sé... cualquier cosa que se le ocurra nos vendrá bien. Parece que esto es una venganza o es lo que nos quieren hacer creer.

—Ya le he dicho que soy un tipo normal, bueno ahora mismo no estoy muy normal que digamos, pero yo no me meto con nadie, hago mis trabajos y cuido de mi familia, tengo un hijo de tres años. No sé quién podría tener ganas de vengarse de mí. No soy nadie importante.

—Está bien. Mire, le dejaré una tarjeta con mi teléfono, si se acuerda de algo que pueda tener relación me llama. De todas formas cuando salga del hospital y se encuentre bien tendrá que ir a Comisaría en persona para poner la denuncia. Pregunte por el Inspector Compadre y vaya a verme. Nosotros intentaremos averiguar algo más. Por cierto... creo que su dedo está en el hospital de León. Doctor, debería llamarles.

—Pero aquí no operamos amputaciones.

—Pues será mejor que le lleven al hospital. Llame al hospital y entre ustedes verán lo que es mejor para el paciente. Yo no soy médico, pero igual el dedo se puede volver a implantar.

Salieron del hospital y Compadre les invitó a un café en el bar justo enfrente de la clínica. Tenía terraza y Compadre podría fumarse un purito Vegafina, lo necesitaba.

—Bueno, hay una cosa clara —dijo Compadre—. El dedo se lo cortaron ayer sobre las seis de la tarde y lo encontraron hoy a las ocho de la mañana. Está claro que el cortadedos hizo una visita al museo de San Isidoro entre las seis y las… ¿A qué hora cierran ese museo?

Matilla buscó en el móvil el museo. A los treinta segundos ya tenía la respuesta.

—Cierran a las ocho y media de la tarde y abren a las diez de la mañana. De una a cuatro de la tarde está cerrado.

—Pues el cortadedos hizo una visita al museo entre las seis y las ocho y media de la tarde de ayer. Tendremos que acercarnos y comprobar si tienen cámaras de seguridad, pero antes nos acercaremos al portal de la Calle San Claudio, creo que está cerca de aquí.

Después de tomar el café y fumarse el purito, fueron andando hasta la calle San Claudio. Estaba a dos manzanas del bar. Llamaron al tercero derecha y al entrar en el portal vieron que era un normal, un rellano, una escalera y al fondo el ascensor. Subieron al tercer piso, al llegar se encontraba un hombre en la puerta del tercero derecha.

—¿Es usted Pedro? —preguntó Javi.

—Sí, soy yo. La policía, supongo…

—Sí, señor, soy el Inspector Compadre. Creo que usted encontró a un hombre que le faltaba un dedo ayer en el portal. ¿No es así?

—Sí, estaba en el rellano tumbado boca abajo, desmayado y con la mano sobre la primera escalera del rellano. Le faltaba un dedo y estaba sangrando por la cara con un fuerte golpe. Avisé a mi vecino y amigo del primero, Roberto. Lo subimos en mi coche y lo llevamos aquí al lado, a la Clínica San Francisco. Pensamos que tardaríamos menos que si llamábamos a una ambulancia. ¿Hicimos bien…?

—Sí, sí, no se preocupe. ¿Vio a alguien salir del portal?

—No, fue todo muy deprisa, lo primero que se me ocurrió fue llamar a Roberto para que me ayudase. Nada más. No me fijé en nada. Solo quería ayudar a ese hombre. ¿Qué tal se encuentra?

—Bien. Preguntó por usted, creo que quiere agradecerle la ayuda. Está en la 213.

—Creo que aquí poco más podemos sacar, Inspector —dijo Javi.

—Sí, es mejor que nos vayamos. Bueno muchas gracias, para cualquier cosa que recuerde le dejo mi tarjeta. Puede llamarme en cualquier momento o pasarse por la Comisaría. Que tenga un buen día.

Salieron del edificio y fueron directos al coche. Esta vez conducía Compadre.

—Bueno, chicos. Será mejor que nos vayamos a comer, ya son casi las tres de la tarde. Por cierto... Tenemos chica nueva en el grupo. A las seis de la tarde os quiero en mi despacho para hacer las presentaciones. Se llama Clara. Ser puntuales.

—¡Joder! ¿La agente nueva entrará en nuestro equipo? —comentó Matilla.

—¿Nuestro equipo? —dijo Javi— Tú eres provisional, igual que ella —se rió.

—¡Ya vale Javi! —exclamó Compadre—. El Jefe quiere que aprenda de todo un poco. Seremos educados.

—Está bastante buena, será un placer trabajar con ella —dijo Javi con su sonrisa pícara de galán.

—Quiero que os portéis bien con ella, que no vea que somos unos gilipollas. ¿Está claro?

—Sí, Jefe —contestaron—. Nos vemos a las seis.

4

León, 1989.

—Tú, cabrón, ¿por qué vas tan deprisa?

—Joder Tuca, son las ocho menos cinco y llegamos tarde al instituto.

—Es el último día de clase, relájate, encima tú seguro que apruebas todo, a mí creo que me quedarán dos para septiembre.

—No sé por qué te extrañas, eso ya lo sabías hace mucho tiempo.

—Qué suerte tienes, joder —le recriminó Tuca—, no pegas un palo al agua y encima apruebas todo. ¿Cómo lo haces?

—La verdad que no tengo ni idea. Igual es que no llego al instituto todos los días con un porro en la mano y un periódico robado en el quiosco de la plaza. Coño, Tuca. Ese porrito mañanero te va a joder la cabeza.

Tuca robaba el periódico todos los días en el quiosco de la plaza que le quedaba de camino al instituto. El dueño del quiosco ya pensaba que el pedido era de un periódico menos. Lo leía de camino al instituto, mientras se fumaba un porrito. El periódico lo vendía en el recreo al mejor postor. No tenía muchos postores, pero siempre le podía invitar a una caña el del bar de enfrente del instituto, si se lo dejaba olvidado en la barra.

—¡Tonterías! Me relaja y aguanto mucho mejor las clases. Si no fuera por el porrito mañanero...

—Bueno, venga, date prisa. Llegamos tarde a clase y es el último día.

—¿Una caladita?

—Ya sabes que a mí los porros me marean y me dan hambre. Paso.

—¿Oye? El viernes pasado por la noche te perdiste y no bajaste el sábado por los Porrones a beber unos vinos. ¿Qué te pasó?

Los Porrones era el bar donde quedaba la pandilla de amigos. Los viernes y los sábados era el lugar de encuentro antes de salir de fiesta. Bebían unos porrones de vino barato, hablaban, discutían y cuando estaban algo alegres subían al Barrio Húmedo a tomar unas copas. No tenían mucho dinero, pero la paga les llegaba para unos porrones, pocas copas pagadas y algunas invitadas o sin pagar.

—No me pasó nada, Tuca. Estaba hecho polvo de los exámenes y me fui a casa pronto. El sábado me quede en casa en plan tranquilo —Compadre sabía que ese fin de semana no había sido nada tranquilo, al contrario, había sido uno de los mejores de su vida.

—Bueno espero que hoy te bajes y celebremos el fin de curso como Dios manda. Con un buen pedo. Hemos quedado a las ocho en lo porrones. Hoy sale todo el mundo, es uno de los mejores días del año. ¡Joder, se acaba el curso! No me lo puedo creer.

—Ya veremos, pero date prisa, nos van a cerrar la puerta y tengo clase de inglés a primera.

—Buaf, si sacarás un diez seguro, mamón. Bueno, creo que yo me quedo aquí en el bareto, no voy a primera, el porrito me ha mareado y estoy enfermo. No es plan de ir a clase. Avisa a la profe que estoy malo. Un besito, huevón.

—¡Que te den!

Compadre subió las escaleras del instituto con una sonrisa, iba con la ropa que mejor le quedaba y la más moderna que tenía. Unos vaqueros Levis, una camisa azul de manga larga, con las mangas remangadas hasta el codo. Quería estar guapo, sabía que a primera hora tenía ingles. Entró en clase, se sentó en su pupitre y esperó con cara de enamorado a la profesora.

Cuando entró la profesora cerró la puerta y se dirigió al encerado. Empezó la clase sin dirigir una leve mirada a Compadre. La clase duró cuarenta minutos. Los últimos diez minutos la profesora se dedicó a despedirse y a decir las notas de cada uno. Cuando llegó a compadre...

—Compadre, un 10. ¡Enhorabuena!

Compadre cambió la sonrisa por cara de estudiante, se alegró por el 10, aunque ya lo sabía. El timbre sonó y todos se levantaron, incluido la profesora. Cuando acabó la clase, salió rápido al pasillo. La profesora Laura le llamó con un gesto con las manos.

—Compadre, por favor. ¿Puedes venir a mi despacho un momento? Miriam, ¿con quién tenéis clase ahora?

—Matemáticas con Pedro —respondió.

—Avisa al profesor que Compadre ha venido conmigo al despacho y que llegará un poco tarde a clase. Gracias, Miriam.

Compadre siguió a Laura por el pasillo fijándose en su precioso cuerpo de veintiséis años, llevaba un pantalón vaquero ceñido y una camisa de manga corta ajustada que le marcaban los pechos. Era junio y hacía calor en León.

Laura era rubia con mechas, de mediana estatura para ser mujer, llevaba una coleta que se balanceaba según andaba. Tenía los ojos verdes y un lunar pequeñito por encima del labio superior. Alrededor de los labios se le marcaban dos rayas cuando sonreía que la hacía más atractiva. No pudo por menos que acordarse de la noche del viernes del fin de semana pasado, cuando estuvo en su casa, en su cama y en su cuerpo.

Pensó que el anterior fin de semana no se había emborrachado lo suficiente bebiendo vino con los colegas en el bar de los porrones y copas en el Húmedo, pero que ese fin de semana en casa de Laura podría revivirlo otros muchos, sin necesidad de una gota de alcohol ni de colegas. Había hecho el amor con Laura. Cinco veces el viernes y tres veces el sábado. El domingo descansaron cada uno en su casa. Bueno, él en la de sus padres, todavía tenía 18 años y no tenía casa. Quizás Laura le acogiera en la suya.

Todo el sábado lo pasaron él en ropa interior y Laura en pijama, menos cuando hacían el amor. Vieron varias películas en la televisión. Laura sacó un vídeo de Casablanca en versión original y lo puso en el reproductor de vídeo. Compadre hizo como que se enteraba de algo, pero realmente entre mirar a Laura y que su inglés no era lo suficiente bueno para seguir una película en versión original, no se enteró de casi nada. Pero le daba igual, le pareció una buena película.

El sábado, a la hora de la comida Laura preparó una ensalada y unos filetes con patatas. Nada romántico, pero todo estaba buenísimo. Después de comer se tumbaron juntos en el sofá. Estaban cansados de la noche del viernes, no durmieron demasiado y se quedaron dormidos abrazados en el sofá. Cuando despertaron hicieron de nuevo el amor.

El domingo se despidió de Laura con un beso ligero y un abrazo. Compadre ya no podía poner más excusas en casa de sus padres. Les había dicho que se quedaba a dormir en casa de Alberto el fin de semana. Cuando llegó a casa se tumbó cansadísimo en el sofá y a la media hora se despidió de sus padres y se fue a su cama. Quería dormir, pero no podía pensando en el fin de semana. Tenía ganas de que pasara la noche, que llegara el lunes e ir a clase. A primera hora tenía inglés, volvería a ver a Laura.

La profesora de inglés abrió la puerta de su despacho, le mandó entrar y la volvió a cerrar cuando estaban los dos dentro. Compadre quiso abalanzarse sobre ella para darle un beso y demostrarle su amor. Laura lo apartó bruscamente.

—Lo siento, Compadre, esto no puede seguir, ha sido una locura y probablemente... bueno, probablemente no, seguro, que la culpa ha sido mía. Tenía que haber impedido que esto sucediera, al fin y al cabo yo soy la adulta y soy la culpable. Tú tienes 18 años, eres mi alumno. Yo tengo 26 y soy tu profesora.

—Pero Laura, yo también quise que sucediera y no me arrepiento de nada, al revés, estoy loco por volver a estar en tu casa, contigo, en tu cama haciendo el amor o lo que tú quieras. ¡Quiero estar contigo!

—Ya, pero no puedo seguir con esto, me siento muy mal, imagina que se enteran tus padres, mis compañeros, el director... ¡Dios mío, qué barbaridad!

—A mí me da igual todo, lo único que quiero es estar contigo, lo demás no me importa.

—Ya, pero a mí sí, y mucho. Lo siento pero no quiero hacerlo más doloroso. Hoy es el último día de clase, yo me iré a mi pueblo y probablemente el año que viene me toque dar clases en otro instituto. Es un buen momento para acabar con esta locura. ¡Nunca tenía que haber pasado!

Laura era profesora de inglés interina. Mientras no aprobara la oposición, cada año o dos años como mucho, cambiaba de instituto. Este año había estudiado mucho y confiaba en que fuera el que por fin sacaría su plaza. El agobio de las clases y el estudio, probablemente, la llevó a que la noche del viernes pasado bebiera más de la cuenta, se encontrara en un pub a las 2 de la mañana con Compadre, charlaran y acabara invitándolo a casa a tomar una copa. El sábado ya no había excusa, pero la noche del viernes fue tan buena que repitió, no le importó. El domingo empezó arrepentirse de todo. No podía comprometer su carrera de profesora por unos buenos polvos. ¿Qué pasaría si se enterase alguien? ¡No podría ejercer más! Demasiados años tirados por la borda. No podía ser y punto.

—Por favor, Laura. Podemos pasar un verano estupendo los dos juntos.

—¡No! No insistas, lo tengo clarísimo. ¡Se acabó! Vete y olvídate de mí, conoce a alguien de tu edad, enamórate este verano y déjame en paz. Yo paso de ti. ¿Sabes lo que me ha costado llegar hasta aquí? Cinco años de carrera y tres años dando clase y estudiando para conseguir ser profesora. Además... ¿no te das cuenta? No quiero ser el hazmerreir de la gente y arruinar mi vida por unos polvos de fin de semana con un adolescente. ¡Paso!

Compadre salió golpeando la puerta del despacho muy enfadado, no le gustó cómo le trató Laura. Era adolescente, de acuerdo, pero tenía corazón y lo del fin de semana no fueron unos polvos, por lo menos para él.

Se fue al bar de al lado del instituto donde siempre iba en el recreo a comer un bocadillo de tortilla. Se sentó en la barra, pidió una caña y se la bebió de un trago.

—Joder, Compadre, vaya sed a las nueve de la mañana. ¿Te ha pasado algo? —preguntó Tuca.

—Nada. Quiero empezar a celebrar las vacaciones bien temprano. He sacado un 10 en inglés —Tuca se extrañó, pero no iba a perder la oportunidad de una celebración.

—Pues pídeme una cañita. Voy al baño a mear y lo celebramos juntos. De todas formas, hoy es el último día de clase y no pensaba pisar el instituto. No ponen falta el último día de clase y las notas se recogen el miércoles. Mejor disfrutar del fin de curso a tope.

Estuvieron bebiendo cañas hasta las 2 de la tarde, jugando al póker y comieron un bocata de tortilla. Fueron a casa a comer y las 6 de la tarde ya estaban los dos en el bar de los porrones bebiendo unos porrones de vino con los colegas.

Normalmente discutían de política, de chicas, de los oficios mejor remunerados y de cómo hacerse ricos. Ese día hablaron de las carreras que querían estudiar. Tenían dos porrones de vino que iba pasándose de uno a otro.

—Yo voy a estudiar Derecho —dijo Tuca—. Si apruebo todo en septiembre, claro.

—Con la labia que tienes seguro que te lo montarás bien —le contestó Juan Carlos—. De todas formas primero tienes que aprobar todas. ¡Huevón!

—Este verano me pondré las pilas para estudiar las dos que me quedaron. Ya lo verás. Oye, Compadre, ¿tú qué vas a estudiar? Aprobarás todo y tendrás que matricularte ya mismo en la universidad.

—Ni idea —Compadre no estaba para pensar en eso.

—Pero... ¿No querías hacer Ingeniería? —preguntó Jesús.

—Sí, pero no lo tengo claro. Me gustaría pirarme de León, tengo ganas de desaparecer una temporada. Además, con una carrera se tarda mucho en ganar dinero.

—¡Joder! ¿Ya quieres ganar dinero? —soltó Tuca.

—Mira, tío. El otro día me encontré con un colega del colegio y me dijo que llevaba un año en la academia de policía —explicó Alberto—. Este año empezaban a pagarle pasta por policía en prácticas. En solo un año ya empiezas a ganar pasta y cuando acabas tienes curro asegurado. Pero claro, te tiene que gustar lo de ser de la pasma —Todos rieron menos Compadre.

—Creo que no es mala opción. ¿Dónde está la academia, Alberto?

—En Ávila, un frío del copón en invierno. Creo que tienes que aprobar una oposición con un examen teórico y unas pruebas físicas. El teórico seguro que lo apruebas, el físico, no sé… no te veo. Mi colega es un tío que hace bastante ejercicio, pero bueno tampoco es un atleta olímpico. Para entrar piden solo tener el graduado escolar. Tu ahí vas sobrado, este año ya eres bachiller, igual puedes ascender y llegar hasta Inspector. Inspector Compadre —Todos se descojonaron de la risa.

—Bueno, qué, ¿nos vamos al Barrio Húmedo y dejamos de hablar chorradas? Tengo ganas de tomar una copa y ver que tal el ambiente de fin de curso hay por allí. Seguro que hay mogollón de tías —dijo Juan Carlos—. Hace mucho que no me como una rosca y hoy seguro que están todas pedos, igual engañamos a alguna.

Los seis amigos salieron del bar después de varios porrones de vino en el cuerpo. La alegría ya empezaba a notarse no solo por el vino, también por el inicio de las vacaciones. Compadre era el único que no estaba tan alegre por las vacaciones, pero no estaba demasiado triste gracias alcohol.

Mientras subían al húmedo, Compadre iba pensando en Laura, en el fin de semana pasado y la charla de hoy por la mañana en el instituto. El lunes se acabaría todo. Laura se iría a Ponferrada y se olvidaría de él rápidamente. Compadre pensó que quizás él debería hacer lo mismo, pero le iba a resultar muy difícil. Tenía que hacer algo para olvidarse de Laura. Hoy lo mejor era beber, mañana, ya vería.

Después de una ruta por varios bares del Barrio Húmedo, el barrio de moda para la gente joven, fueron a tomar la primera copa al local de siempre. Era la una de la mañana y el pub todavía estaba tranquilo. No demasiada gente. Se pusieron en el mismo sitio donde se ponían todos los fines de semana, cerca de una de las dos puertas y al lado de donde el dueño, Lolo, pinchaba la música. Sonaba el último de la fila y Tuca sabía que todos tomaban lo mismo, whisky Dyc con Coca Cola. Se acercó a Compadre para preguntarle.

—Tú, cabrón. ¿Lo mismo de siempre?

—Sí, Dyc Cola.

Todos charlaban con la copa en la mano. De vez en cuando dejaban de hablar para cantar todos juntos el estribillo de alguna canción de loquillo o de mecano. Cuando aparecía algún conocido, se acercaba al grupo a saludar, se hacía más grande el corro de amigos y el nuevo amigo se ponía a charlar y a beber con ellos. A las dos de la mañana el local ya estaba lleno de gente. No había una edad definida para el local, se mezclaba gente de 17 años con gente de treinta. Era normal, en una ciudad pequeña como León.

Compadre y sus amigos llevaban dos copas cada uno y Compadre notó que la vejiga necesitaba un respiro. Se acercó al baño haciendo hueco entre la gente. De vez en cuando saludaba a gente conocida asidua como ellos al pub. Se paró en el medio del pub para saludar a Colino, un compañero del colegio, y pedirle un cigarro. Después de cinco minutos contándose cómo les iba, se despidió y siguió el camino hacia los baños.

Cuando llegó al final de la barra, justo antes de la puerta del servicio, vio que estaban un grupo de profesores del instituto, los más jóvenes, probablemente celebrando que las clases habían acabado. Laura estaba con ellos. Compadre pasó por delante de ella y saludó a varios profesores. Todos estaban alegres, incluida Laura. Ella le contestó como si fuera un alumno y añadió una sonrisa. Compadre no quiso pararse demasiado, prefirió disimular. No procedía montar el numerito así que optó por ir al baño para refrescar la mente y vaciar la vejiga, que ya no le daba más tregua.

Cuando salió del baño, Laura ya no estaba en el grupo de profesores. Preguntó al de Ciencias.

—Laura se marchó. Mañana tenía asuntos que hacer. Qué pasa, Compadre. ¿Problemas con el inglés? —los profesores sonrieron.

—No, qué va. Solo quería agradecerle lo mucho que aprendí este año con ella. El inglés no fue nunca mi fuerte, pero este año aprobé con muy buenas notas. Solo quería despedirme de ella. Imagino que el miércoles la veré en el Instituto. Voy con los amigos a seguir de fiesta. Pasadlo bien, os lo merecéis, ha sido un curso duro.

Compadre salió por la puerta del pub más cercana a los baños con la esperanza de encontrar a Laura fuera. La calle estaba llena de gente tomando copas. Hacía una buena noche de junio. Miró por todos los rincones de la calle cercanos al pub, pero Laura no aparecía. Mientras buscaba a Laura vio a Alberto y a Juan Carlos hablando con un grupo de chicas. Se unió al grupo. Después de un rato, cuando se le acabo la copa, volvió a entrar en el pub. Le dijo a Tuca que le pidiera otra. Tuca siempre llevaba el fondo del dinero del grupo.

—Tú, cabrón. Toma tu copa. ¿Te has fijado que están los profes en la otra esquina celebrando el fin de curso? Se lo montan bien y ahora dos meses de vacaciones. Creo que con derecho se puede ser profe de algo. Tendré que madurar la idea.

—Gracias, Tuca. Sí, ya me he dado cuenta cuando fui al servicio. Fuera están Alberto y Juan Carlos con unas tías. Voy a salir, esta noche tengo ganas de pillar con alguna. A ver si hay suerte con las amigas de Alberto.

Al volver junto Alberto, Juan Carlos y el grupo de cuatro chicas, entablo conversación con la chica que más caso parecía hacerle. No era muy guapa pero a Compadre esa noche le daba igual.

—¿Tú qué estudias? —le preguntó la chica.

—Creo que voy a empezar en la academia de policía.

Después del verano Compadre estudió y aprobó las oposiciones de Policía Nacional. En noviembre ya estaba en la academia de Ávila. Un frío del carajo.

Se graduó con el número uno de su promoción. Pudo elegir destino. Gijón fue su preferido, no estaba muy lejos de León pero lo suficiente para ir a ver a los amigos cuando echara de menos a Laura.

Después de cuatro años como Policía Nacional en Gijón, creyó que ya era hora de volver. Cinco años más, y Compadre se presentaría por la escala Ejecutiva a una plaza de Inspector de Policía. Burgos, Palencia y por fin León como Inspector de Policía. Inspector Compadre.

5

Compadre llegó a las cinco y media de la tarde a su despacho de la Comisaría, se sentó y sacó del cajón un Almax. Rompió el sobre y lo absorbió con el ansia del que tiene ardor de estómago. Él tenía un volcán en el estómago. Llenó un vaso de agua y cogió paracetamol del cajón. "No vuelvo a beber más". Sabía que aunque lo pensara hoy, pasado mañana se olvidaría de la promesa.

A las seis menos cinco entró por la puerta Clara. Tenía 23 años, el pelo corto, liso, rubio y los ojos de color miel. Vestía pantalón vaquero ajustado y una camiseta de manga corta con muchos colores diferentes que le daba un aspecto más juvenil. Parecía que después del encuentro con Compadre había dormido bien, todo lo contrario que el Inspector.

Al entrar por la puerta sonrió. Alrededor de la boca se la marcaban dos rayas, igual que las de Laura, pero Compadre ya no se acordaba de ella.

—¿Da su permiso? —preguntó con una sonrisa.

—Por favor, pasa. Trátame de tú. O mejor, llámame como todo el mundo, Compadre.

Compadre pensó que era mucho más joven que él y a pesar de que se conservaba joven, con la resaca, se sintió un viejo comparado con ella.

—Siéntate, Clara... ¿No?

—Sí.

—Bueno creo que lo primero es disculparme por el encuentro de anoche. Lo siento mucho, de verdad.

—No tiene que disculparse, la verdad es que estaba muy gracioso. Olvídelo, de verdad no pasa nada.

—De todas formas, me alegro mucho de trabajar con gente nueva. ¿De dónde eres?

—Soy de Ponferrada. Acabo de salir de la academia de Ávila y mi primer destino es este. La verdad, estoy muy contenta, afortunadamente no estoy demasiado lejos de casa.

—¡Ávila! Un frío del copón —los dos sonrieron—. Yo también pasé por allí.

—Ahora vendrán Matilla y Javi Pérez, junto contigo formamos el equipo "cortadedo". —Compadre se puso a reír pero Clara no entendió la broma—. Es una broma, el caso que llevamos desde hoy por la mañana se llama así.

Compadre le explicó el caso a Clara y justo cuando estaba terminando de explicarle todos los detalles entraron por la puerta Matilla y Javi.

—Buenas tardes Jefe.

—Esta es Clara —Compadre hizo las presentaciones—, el agente del que os hablé por la mañana que nos acompañará en el caso.

—Encantado, yo soy Javi Pérez. Javi para los amigos, espero que lleguemos a serlo.

Javi puso su sonrisa más seductora. Matilla también se presentó y le dio dos besos.

—Un placer. Espero aprender mucho de vuestra experiencia.

—Bueno, vamos a ponernos a trabajar, ya vale de presentaciones. —dijo Compadre. Era el Jefe.

Después de estudiar durante un tiempo el caso, el Inspector mandó a Javi al Hospital a preguntar por el dedo. Tenía que enterarse de si el dedo se podía analizar antes de que se lo pusieran a ese tal Antonio, si es que se lo podían poner. En caso de que no se lo pudieran recuperar, le indicó que lo trajera a Comisaría para que lo analizasen en el laboratorio, igual podían sacar alguna huella o algo que les diera alguna pista sobre el cortadedo. En caso de que el dedo se pudiera recuperar, debería enviar al hospital un agente del laboratorio con un equipo portátil para analizarlo.

—Creo que si sacamos algo de ese dedo —explicó Compadre—, tendremos mucho ganado.

Matilla debería quedarse en Comisaría haciendo el informe de todo lo que investigaron por la mañana, el Jefe Lorenzo quería todo por escrito y Matilla solía encargarse casi siempre del papeleo y de hacer las investigaciones desde Comisaría, se le daba bien. Cuando acabara el informe, debería buscar toda la información sobre Antonio Lara y acercarse a la Clínica a ver si le sacaba algo nuevo. Quizás ya estuviera más despejado. Clara y él irían al Museo, pero antes pasarían por el laboratorio para mandar a algún cerebrito al museo y que intentara encontrar huellas de algún tipo. A las ocho y media quedaron todos de nuevo en su despacho para poner en común lo investigado. Sabían que era muy probable que les tocara hacer horas extras.

Compadre y Clara cogieron el coche y fueron dirección al museo. Esta vez conducía Compadre.

—Clara. ¿Te importa que fume?

—No, señor. Perdón... Compadre. Yo también fumo.

Compadre sacó un cigarro puro y le ofreció a Clara.

—No, gracias, eso es mucho para mí. Yo fumo Camel.

Clara encendió un cigarrillo Camel y le ofreció fuego a Compadre.

—Gracias, ahora con lo de fumar siempre hay que preguntar, ya sabes, la gente es muy reacia al humo. Me alegra que mi compañera no tenga problemas con el tabaco.

—La verdad que dejé de fumar durante un tiempo, pero con los nervios de la oposición volví a caer. Es una pena, alguna vez tendré que dejarlo definitivamente.

—Sí, yo también. Lo tuyo es más fácil, eres mucho más joven.

Aparcaron el coche en la calle paralela al museo, enfrente de las escaleras que subían al museo de la Iglesia de San Isidoro. La plaza del Museo era peatonal, Compadre no quería llamar la atención.

Subieron las escaleras y se encontraron con una pequeña cola para entrar. Hacía poco tiempo los investigadores de la Universidad de León llegaron a la conclusión que el Grial del museo, era el autentico Grial de la última cena de Jesucristo. La gente quería verlo.

Compadre y Clara se acercaron a la puerta y enseñaron sus credenciales al portero. Necesitaban hablar con el director. Pasaron dos minutos y se presentó en la puerta un hombre de unos cincuenta y cinco años vestido de los años ochenta con barba desaliñada, delgado y muy alto.

—Buenas tardes. ¿Preguntaban por mí?

—Sí, señor. Soy el Inspector Compadre. Nos gustaría echar un vistazo donde encontraron ayer el dedo cortado.

—Sí, claro. Pasen, por favor.

El museo era pequeño y a esa hora estaba lleno de gente. Tenía forma cuadrada y se dividía en tres naves abovedadas. Los arcos se apoyaban en capiteles y sobre las bóvedas se veían unas pinturas murales que las decoraban. La zona con más gente era donde se encontraba el Grial.

—¿Imagino que conocen la revolución que se ha montado con las nuevas investigaciones publicadas sobre el Santo Grial? —preguntó el director— ¡Y encima ahora esto!

—Sí, estamos al tanto, más o menos —contestó Compadre.

—Desde que parece que es el verdadero, no para de aumentar el número de visitas. Como ven, el museo es muy pequeñito y se llena con bastante facilidad.

El director del museo les indicó la parte de atrás de la vitrina donde estaba expuesto el Grial. Señaló el lugar exacto donde la limpiadora había encontrado el dedo por la mañana.

—¿Han tocado algo desde esta mañana?

—No. Los agentes que vinieron nos dijeron que no tocáramos nada hasta nuevo aviso. Tenemos acordonado el recinto del Grial como medida preventiva.

—Imagino. Hizo lo correcto, señor...

—Tomás Cañizo —respondió el director—. Director del museo y licenciado en Historia el Arte —añadió.

Entró en la sala un hombre con chaleco de policía y un maletín en las manos. Se presentó al Inspector. Era de la policía científica.

Compadre le indicó el lugar donde aparecieron el dedo y la nota. Tenía que intenta sacar alguna huella o algo que pudiera ayudar en la investigación. El policía científico empezó a espolvorear toda la vitrina y el mueble buscando algún rastro. Mientras trabajaba, le indicó que cuando acabara el análisis dactilar, debería enviárselo a su despacho con los resultados.

—Por cierto... ¿han sacado algo del análisis de la nota encontrada? —le preguntó.

—Creo que están en ello en el laboratorio.

—Entonces esperaremos a que me envíen todo el informe a mi despacho. Espero que entre la nota y lo que encuentre usted aquí podamos tener algo.

Compadre miró al director del museo.

—Señor...

—Tomás. Tomás Cañizo, Inspector.

—Señor Cañizo. ¿Quién lleva la seguridad del museo?

—¿Seguridad? Aquí no tenemos a nadie de seguridad.

El director del museo le explicó que desde que aumentaron las visitas había solicitado por lo menos un vigilante jurado para la puerta, pero con los recortes que últimamente se estaban llevando a cabo, ni siquiera le habían contestado. El museo tenía varias cámaras de seguridad que él mismo controlaba y guardaba las copias de las grabaciones.

—¿Y dónde están esas copias?

—Le di el DVD con la copia del día y la noche a uno de los agentes que llegaron cuando encontramos el dedo.

—¿Por el día y por la noche?

—Durante las horas de visita se activan todas las cámaras del museo. Por la noche, cuando cerramos, solo dejamos grabando las imágenes de la cámara de la puerta de entrada. Esto es un museo panteón, aquí están enterrados la mayoría de los reyes e infantas de León. Se habrá dado cuenta de que no tiene ventanas, el único sitio por donde podrían entrar a robar es por la puerta.

—Clara, llama a Comisaría y que te pasen con el Inspector Jefe Lorenzo. Pregúntale dónde coño están esos DVDs.

Clara se retiró para hacer la llamada con el teléfono móvil.

—¿Y la limpiadora? —preguntó Compadre.

—La limpieza la lleva una contrata de la empresa Prisa. No siempre es la misma, pero tienen que rellenar una ficha al entrar con sus datos. Ahora mismo le traigo la ficha de la que hizo hoy la limpieza.

Mientras el director iba a su despacho apareció de nuevo Clara. Las imágenes de seguridad las tenía el departamento de informática para analizarlas. El Jefe Lorenzo no sabía si habían terminado con la visualización de las imágenes en el departamento, pero le prometió que nada más que tuviera el informe, se lo dejaría encima de su mesa, junto con una copia de los DVDs.

—¡Joder! Qué pasa, ¿no pensaba avisarme?

—Dijo que por la mañana cuando llegaron fue a buscarle para entregárselas, pero como no le encontró en el despacho, las envió él mismo a analizar.

Compadre no tuvo más remedio que dejar el enfado a un lado, la culpa la tenía él por no estar a la hora en su trabajo.

—Aquí tiene, señor Inspector, la ficha de la limpiadora.

En la ficha venía la hora de entrada, ocho de la mañana, la hora de salida, diez de la mañana, el nombre y el teléfono de contacto.

—¿Es este el teléfono de la limpiadora? —preguntó compadre al Director.

—Por lo menos es el que ella puso en la ficha—Está bien, muchas gracias por su colaboración. ¿Me podría dar una copia de la ficha?

—Quédese con esa. Tengo otra copia en mi despacho.

—Gracias, estaremos en contacto.

Clara y Compadre salieron del museo. Eran las siete de la tarde, todavía quedaba una hora para volver a Comisaría. Clara le propuso a Compadre ir a tomar una cerveza, era pronto para regresar a Comisaría.

—De acuerdo, la próxima invito yo —fue la respuesta de Compadre a la invitación.

A Compadre le gustó la posibilidad de que hubiera más de una cerveza con Clara. Se sentaron en una terraza que estaba en frente al museo.

—Clara, ¿por qué crees que la gente le da tanta importancia al Grial?

—Santo Grial, Compadre —Clara ya empezó a tutear a Compadre.

Le explicó que había leído que el Grial tenía propiedades extraordinarias, que estaba construido con un material que no existía en la tierra, que incluso Jesucristo resucitó gracias a las propiedades del material del Grial al beber de él en la última cena. Clara pensaba que podía tratarse solo de una historia. Nada científicamente demostrado.

—La verdad es que circulan muchas historias —siguió Clara—, pero en realidad creo que a la gente lo que le atrae es lo desconocido, todo con lo que puedan crear una historia.

—Quizás el cortadedo quiera crear su propia historia a través del Santo Grial. Me temo que tendremos que aprender algo de este cáliz. Puede que tenga relación con la historia que estamos investigando o puede que el cortadedo trate simplemente de desviar la atención para hacernos trabajar más.

—¿Por qué dices "el cortadedo" en singular? ¿Ya sabemos que fue una sola persona?

Compadre se dio cuenta en ese momento de que Clara era perspicaz.

—No lo tengo claro, pero si fueran más de una persona probablemente no hubieran golpeado a Antonio. Simplemente uno lo sujeta y otro le suministra el cloroformo. Pero también se pudo resistir, se pusieron nerviosos y le golpearon, no sé, de momento lo dejaremos en el cortadedo. Cuando tengamos más datos podremos cambiarle el género al plural, si es necesario.

—Cambiando de tema. Noté que te enfadaste mucho en el museo con lo de la copia de las cámaras de seguridad. ¿Qué ha pasado?

—Nada, lo de siempre. El señor Inspector Jefe me entrega la carpeta del caso y se le olvida decirme que también tenemos la copia de las cámaras de seguridad. Siempre pasa lo mismo. Da igual, luego lo solucionaremos. Tomemos la caña tranquilos. Cuéntame. ¿Cómo es que a una chica tan guapa como tú le dio por meterse a policía?

—Ya es la segunda vez que me echas un piropo y nos conocemos hace apenas unas horas. Da gusto trabajar contigo.

—Lo siento, no estoy acostumbrado a trabajar con mujeres.

—No pasa nada, no me molesta. ¿Qué por qué policía? Hoy en día no está la cosa para elegir trabajo, ¿no crees?

—Tienes razón, pero esto normalmente es vocacional o tradición familiar.

—¿Lo tuyo es vocacional o familiar? —preguntó Clara.

—La verdad es que ninguna de las dos cosas. Lo mío se puede decir que fue una forma de liberación. Pero es una historia muy larga. Quizás algún día te la cuente.

—A mí siempre me gustaron las pelis de policías —añadió Clara—. Acabé el bachillerato y no me llamaba ninguna carrera. Muchos años estudiando para luego ir al paro. En la oposición vi una salida diferente y encima pudiendo hacer lo que veía en las películas. Ya ves… ni vocacional, ni familiar. Soy una peliculera —sonrió.

—Las películas de policías son muy diferentes, como ya puedes comprobar. El trabajo real no es tan emocionante. En cuanto al paro, aquí por lo menos te pagan un sueldo, eso sí. ¿No te importa guardarme la tarjeta de la limpiadora?

—No, para nada. ¿Qué haremos con la limpiadora? La llamamos por teléfono o tendremos que hacerle una visita.

—La llamaremos por teléfono al llegar a Comisaría, no creo que nos aporte gran cosa, pero nunca se sabe. Si no hay nada extraño mejor no molestar a la gente. A nadie le gusta que la policía aparezca en su casa.

Siguieron charlando hasta cerca de las ocho de la tarde. Cuando llegaron a Comisaría Compadre fue directo al despacho de Lorenzo, el Inspector Jefe.

—Joder, Lorenzo. ¿Cómo es que no me contaste que ya teníamos aquí la copia de las cámaras de seguridad?

—Tranquilo, Compadre. Las están visionando en informática por si vieran alguna cosa extraña. ¿Te recuerdo que no estabas en tu despacho a la hora? Te las mandaré en cuanto acaben, junto con el informe correspondiente. Quería empezar lo antes posible con la investigación, no quería que perdierais el tiempo viendo un DVD. Igual ya acabaron de visionarla. Llamaré a ver si está y te avisaré.

—Estaré en el despacho, hemos quedado todo el equipo para reunirnos y recopilar todo lo que tenemos. Espero que para otra vez me avises, sobre todo, cuando hablamos de algo tan importante. Ahora mismo, es lo único que tenemos.

—Espero que para otra vez estés en tu despacho a la hora.

6

Compadre entró en el despacho junto con Clara. Se sentó en su silla y Clara en otra de las sillas que tenía delante la mesa de Compadre. Le pidió la ficha de la limpiadora y marcó un número de teléfono.

—¿Inés Duque?

—Sí, soy yo. ¿Quién es?

—Soy el Inspector Compadre, le llamo desde Comisaría. Quería preguntarle por el dedo que encontró esta mañana en el Museo de San Isidoro. Aparte del dedo, ¿vio algo que le pudiera parecer extraño o fuera de lo normal de su rutina?

La limpiadora le comentó que cuando vio el paquete pensó que era algo que se le había caído a algún visitante y se lo entregó al Director. El hombre lo abrió y fue cuando se llevaron la sorpresa. No podía contarle nada más. Vino la policía y lo entregaron. Luego ella siguió limpiando.

—¿Tendré que ir a declarar o algo de eso a Comisaría? —preguntó la mujer preocupada.

—No se preocupe, de momento no es necesario. Si se le ocurre alguna cosa nueva avísenos. Pregunte por el Inspector Compadre. ¿Este es su teléfono particular?

—Sí, es mi teléfono móvil.

—Simplemente es por si tenemos que volver a comunicarnos con usted. Gracias y un saludo.

Compadre sacó la carpeta de su cajón y en ese momento entró Lorenzo. Le entregó el informe de las cámaras de seguridad y la copia en DVD. Por lo visto no fueron capaces de ver nada extraño.

No vieron lo que buscaban, alguien tirando un paquete detrás del Grial. De todas formas le sugirió que les echarás un vistazo, podía encontrar algo que se les hubiera pasado. El investigador que Compadre envió al museo tampoco encontró nada extraño, muchas huellas en la vitrina del Grial, que era lógico, pues pasaba mucha gente a verlo. La conclusión es que no tenían nada, bueno sí, un dedo y una nota. El Inspector Jefe se fue del despacho insinuando a Compadre que estaba muy liado.

Compadre guardó el informe en la carpeta y el DVD en el cajón de su despacho. En ese momento entraron Matilla y Javi por la puerta. Saludaron.

—Javi. ¿Qué pasó con el dedo?

—El dedo está en el laboratorio —respondió Javi—. Al parecer, sí pasaron más de ocho horas, ya no se le puede volver a poner al paciente. En el laboratorio me dijeron que era un corte recto, lo que quiere decir que se hizo con un cuchillo liso o más probablemente con una navaja. No encontraron huellas de nadie extraño.

—¿Sabes algo del análisis de la nota y del paquete?

—Nada, lo más probable es que usaran guantes. La nota que nos dio el médico tenía huellas, pero todas eran de las últimas personas que la tuvieron en la mano, por ejemplo la tuya, Compadre.

—Menos cachondeo. ¿Y la otra?

—Solo en el cartón que envolvía el dedo, las del director del museo y las de la limpiadora. También usarían guantes.

—¿Quieres decir que entraron en el museo con guantes?

—Eso parece. También las pudieron limpiar.

—Y tú Matilla, ¿alguna novedad?

—Hablé con Antonio y seguía igual que por la mañana. No se acordaba de nada más. El informe de la mañana lo tienes encima de tu mesa. Busqué información de Antonio en las fichas policiales y no aparece, solo la de su DNI. No tiene antecedentes ni detenciones. Como él dijo, es un tío normal.

Compadre cogió el informe escrito por Matilla.

—Vamos a recopilar todo lo que tenemos. Sobre las seis de la tarde le cortan el dedo, previo golpe en la cara y empujón hacia el portal Nº 6 de la calle San Claudio. Antes, le duermen con cloroformo y dejan una nota en el portal junto a Antonio. Lo encuentra dormido con el dedo cortado un vecino y llama a otro para ayudar a subirle a su coche hasta la Clínica San Francisco. Entre las seis y las ocho y media dejan el dedo en el Museo envuelto en cartón con una copia idéntica de la nota. Al día siguiente lo encuentra la limpiadora y sobre las nueve el Director del Museo llama a la policía. Los agentes llevan el dedo al hospital y el resto lo traen a Comisaría, incluida la copia de la cámara de seguridad. No se ve nada anormal en la cámara de seguridad. No hay huellas ni en la nota, ni en el dedo. Posiblemente el cortadedo utilice guantes. ¿Algo más que añadir?

Se produjo un silencio de varios segundos.

—Ya tenemos una situación clara de lo sucedido, pero ninguna pista del cortadedo. Es muy tarde, será mejor que nos vayamos a descansar. Mañana veremos cómo seguimos. Javi, antes de irte pasa por el departamento de informática y que vuelvan a revisar los vídeos cuando puedan. Avísales que ahora tienen que buscar algún visitante con guantes. Puede que por ahí tengamos algo.

Salieron todos del despacho. Javi se despidió y se fue al departamento de informática. Matilla se fue a su taquilla. Clara y

Compadre salieron juntos de Comisaría. Cuando ya estaban en la calle e iban a despedirse, Clara le recordó la deuda que tenía.

—Te debo una cerveza. ¿Tienes prisa?

Compadre la miró, estaba cansado de todo el día y toda la noche anterior, pero no pudo resistirse a una invitación de Clara.

—Para nada. Aquí al lado hay un bar al que suelo ir al acabar el día. Tiene terraza y podemos tomar la cerveza fumando un cigarrito.

Se dirigieron al bar que estaba en la plaza, al lado de la Comisaría, la terraza estaba casi llena pero en ese momento se marchó una pareja y Compadre y Clara se sentaron.

—Una caña, por favor, Javi —Compadre conocía al camarero.

—Para mí lo mismo —replicó Clara.

—Hoy ha sido un día largo. Poco has aprendido, mañana espero que la cosa mejore y podamos tener algo mejor. Dejar pasar el tiempo a veces es lo mejor para ciertos casos, suceden cosas que ayudan.

—Siempre se aprende algo, no quiero aprenderlo todo el primer día —Clara sonrió.

En ese momento aparecía Tuca. Tenía el despacho en un edificio de la misma plaza. Muchas veces coincidía con Compadre en el bar.

—¿Qué tal el día, Compadre? Veo que el trabajo ha sido fructífero. Ya conoces a tu enamorada —Tuca y Clara se rieron, Compadre no.

—No digas tonterías, Tuca. No me lo recuerdes, hace que me avergüence y más delante de ella.

—Puedo sentarme con la parejita.

—Tuca, vale ya. Vas asustar a Clara. Siéntate, pide una caña y calla un poco.

—Vale, vale. Bueno Clara, encantado de volver a verte sobre todo en mejores circunstancias. —Le dio dos besos—. ¿Cómo te va todo en Comisaría? Creo recordar que llegaste ayer, ¿no?

—Estupendamente. Casualidades de la vida, me han asignado al grupo del Inspector Compadre.

—Joder, Compadre vaya suerte que tienes.

—Tuca, mira que eres pesado.

—Oye, una cosa. ¿Os apetece ir a un cóctel de inauguración de una joyería? Tengo una invitación para dos personas. Después de lo de ayer, Nati no creo que quiera ir conmigo.

—¿Está muy enfadada? —preguntó Compadre.

—No mucho. La verdad es que no se enteró muy bien a la hora que llegue, pero sabe que salí y que no llegué a cenar. Con eso es suficiente para que durante unos días me quede tranquilito en casa.

—Yo no tengo nada que hacer —dijo Clara—, estoy sola en la ciudad y no conozco a nadie. Por mí no hay problema. ¿Tú qué opinas, Compadre? ¿Tienes cuerpo?

Compadre no tenía cuerpo, pero la mente no podía negarse a salir con Clara. Su compañía durante toda la tarde había hecho milagros y no se había acordado prácticamente de la resaca. No podía rechazar algo así. No estaba enamorado, como le dijo por la noche a Clara, pero sí sentía que Clara tenía algo especial que le atraía mucho. Era mucho más joven que él, pero... ¿hay edad para el amor?

—Por mí de acuerdo. Pero no podemos liarnos mucho, mañana tenemos que estar a las ocho en Comisaría. Tenemos trabajo.

—Por supuesto, un rato nada más, no sea que el Jefe me eche la bronca —le dijo Clara sonriendo.

—Bueno, chicos, aquí tenéis la invitación. Pasadlo bien, yo me tengo que ir. Una cosa más antes de irme. Si surge el amor, no olvidéis decírmelo.

—Serás el primero —contestó Clara entre risas.

Tuca se tomó la cerveza casi de un trago y les dejó solos. Clara y Compadre tomaron otra caña para hacer tiempo hasta las diez. Compadre le contó a Clara que estaba soltero, sin novia y que vivía en un apartamento cercano a la Comisaría.

Clara le dijo que había alquilado un apartamento, también cerca de Comisaría. Vivían en la misma calle. Todos los amigos de Clara estaban en Ponferrada, salvo una amiga del colegio que trabajaba en León de secretaria en un despacho de Abogados. No, no era el de Tuca —le dijo Clara—. Ella fue la que le consiguió el apartamento antes de venirse a León. La amiga tenía novio, por eso Clara no la forzaba mucho a quedar con ella, aunque iban a quedar para tomar un café esta semana.

Cerca de las diez de la noche se levantaron, la joyería estaba muy cerca de donde estaban, a tan solo dos calles. Compadre notó que las dos cervezas le hacían más efecto de lo normal, el alcohol de la noche pasada no se había ido todavía de su cuerpo. Entraron en la joyería y estaba llena de gente, Compadre reconoció a dos o tres conocidos y les saludo. Un camarero pasó al lado de ellos ofreciendo champán en una bandeja. Tomaron una copa cada uno.

—Me siento como si me hubiera colado en una boda —le dijo Clara a Compadre sonriendo—. ¡No conozco a nadie!

—Estos eventos son para conocer la joyería, lo demás no creo que les importe mucho a los dueños.

Después de dos copas más de champán y unos cuantos canapés, la gente empezó a marcharse.

—Creo que deberíamos irnos —dijo Compadre.

—Sí, no quiero ser la última en salir.

Eran las once y media y ya era de noche en la calle. Compadre notaba que el alcohol de hoy junto con el de ayer, todavía no se había ido del todo, era el suficiente para atreverse a decir cosas que no diría.

—Vaya hora más mala para irse a casa. ¿Te apetece una copa? —preguntó a Clara.

—Jefe, mañana tenemos que madrugar pero... si te apetece, creo que podré con ella.

Subieron por la Calle Ancha hacia la zona de pubs, era miércoles y había poca gente. Entraron en un pub con música española de los años 80.

—Para mí un Cutty Sark con Coca Cola.

Hacía tiempo que Compadre ganaba dinero y abandonó el Dyc por el Cutty Sark.

—Para mí lo mismo —le dijo Clara al camarero—. Creo que como sigamos así vamos acabar pedos —sonrió—. Espero que me digas cosas bonitas como ayer —sonrió más.

—Calla, no me lo recuerdes, que vergüenza. Nada más conocerte y ya verme así.

—Pues estabas muy gracioso.

—¿Gracioso? Yo no lo llamaría "gracioso".

—¿Sabes una cosa? —le preguntó Clara— Cuando te vi ayer a mí también me pareciste muy mono. No sé, sinceramente, noté como si te conociera de toda la vida. Una atracción extraña, como si me apeteciera volver a verte. Y mira tú por dónde.

—Bueno, aquí estamos —añadió Compadre.

—Vas a llamarme loca, salida, puede que esté un poco borracha pero... ¿Sabes lo que me apetecería ahora?

—Dime.

—Darte un beso —le espetó Clara.

Compadre soltó el cubalibre encima de la barra, le agarro por la cintura y le dio un beso en los labios, sin lengua. En el segundo beso, Clara le ofreció su lengua y él la acepto.

—Nunca me había enrollado con mi Jefe.

—Yo nunca me había enrollado con un policía.

Compadre se sentía eufórico, ni gota de la resaca. No podía creerse que esa mujer tan guapa y tan joven estuviera en sus brazos. Volvió a enamorarse como la noche anterior, no sabía si era el efecto del alcohol, pero se sentía muy a gusto, hacía mucho que no sentía lo mismo. No quería que la noche acabara, no sabía lo que podría pasar mañana, pero en este momento era feliz. A Clara le pasaba lo mismo. Sabía que era bastante mayor que ella, pero le daba igual, entre sus brazos se sentía cómoda, protegida. Cuando la besaba quería que volviera hacerlo.

Tomaron dos copas más hasta las dos de la mañana. Era hora de irse. Bajaron por la calle ancha agarrados de la mano en dirección a su misma calle. Al llegar a la calle donde vivían se encontraban en la acera del apartamento de Compadre.

—No tienes por qué cruzar, si no quieres —le dijo Compadre a Clara mientras la agarraba por la cintura.

—Ha sido un día muy especial, me gustaría que la noche también lo fuera —le contestó mientras le daba un beso.

Subieron al apartamento de Compadre entre besos y risas. Al entrar le ofreció una copa a Clara. La rechazó y le preguntó dónde estaba el dormitorio. Fueron directos, se desnudaron y se metieron en la cama.

Compadre la agarró de las manos y le abrió los brazos, se los estiró dejándola en cruz, como crucificada, sus manos eran los clavos. Comenzó a darle besos por el cuello y fue bajando con sus labios por el cuerpo. Clara sintió que era suya, le pertenecía, no podía hacer nada, se dejó, solo podía gemir de placer. Hicieron el amor.

Por la mañana sonó el despertador a las siete de la mañana. Tenían sueño, pero hicieron de nuevo el amor. Compadre solo había sentido lo mismo en brazos de Laura, pero ahora era incluso mejor, la experiencia le daba opción a comparar.

—Tengo que irme. No puedo llegar a Comisaría con la misma ropa que ayer.

Clara se levantó desnuda, su cuerpo era perfecto, tenía veintitrés años. Compadre la miraba mientras se alejaba desnuda a la ducha, le seguía excitando a pesar de que acaba de poseerla. Al poco rato salió de la ducha con su pelo rubio mojado envuelto en una toalla de mano.

—Compadre, hazme un favor.

—Lo que quieras —En ese momento, no podía negarle nada.

—Voy a mi apartamento, me cambio de ropa y voy a Comisaría. Cuando llegue te hago una llamada perdida. No quiero que llegues antes que yo. Me tendrías que echar la bronca y quedaría muy feo después de esto. ¿Me lo prometes?

—Claro, pero tendré que darte mi teléfono.

A las ocho y media ya estaban todos en el despacho de Compadre. El Inspector Jefe Lorenzo entró por la puerta.

—Compadre, tenemos otra persona en el Hospital a la que le cortaron el mismo dedo ayer por la tarde. Es una mujer. ¡Joder, vamos a salir hasta en la prensa nacional! Poneos con el caso el tiempo que haga falta, como si no dormís, pero hay que averiguar algo. Me temo que no será la última.

—¿A qué hora fue, Jefe? —preguntó Compadre.

—No lo sé exactamente, acabo de llegar, pero moved el culo al hospital y enteraos de todo lo que podáis. Si encuentran el dedo en el Museo de San Isidoro, será la noticia del verano.

—Bien. Javi, al Hospital, fuiste ayer y ya conoces a la gente. Matilla, sube al departamento de informática y pregunta si volvieron a visualizar el vídeo y encontraron a alguien con guantes. Con lo que sea me llamas por teléfono. Cuando Javi sepa el nombre de la nueva persona te pones a buscar vinculaciones con Antonio, al que se lo cortaron ayer. Clara y yo nos vamos al Museo para estar allí nada más que abran las puertas. Puede que sea una coincidencia nada más, pero si no es así tenemos un cortadedos en serie. En plural —Miró a Clara.

Clara y Compadre salieron en el coche dirección al Museo de San Isidoro. Nada más montar en el coche Compadre se fijo en el vestido ajustado por la rodilla que llevaba Clara. Estaba preciosa, incluso más que ayer y eso que no habían dormido mucho. Hoy no tenía resaca, al revés, se encontraba eufórico de alegría aunque a la vez tenía un sentimiento de miedo. "¿Qué pasará con Clara? ¿Sería solo un rollo producto del alcohol? ¿Le habrá gustado a Clara tanto como a él? ¿Querrá seguir?", pensó. Desde luego él lo tenía claro. Quería estar con ella a todas horas y de momento tenía suerte, la tenía a su lado.

—Compadre, ¿qué va pasar? —preguntó Clara.

—¿Qué va pasar?

—Me refiero a lo nuestro de ayer.

Compadre pensó por un momento que lo mejor sería contestar aunque no supiera muy bien la respuesta correcta. No quería que Clara se asustara, pero tampoco quería perderla.

—Mira, no te voy a mentir. Yo hacía mucho que no me encontraba tan a gusto con nadie. Bueno, quizás nunca. A mí me gustaría seguir lo de ayer. ¿Tú qué opinas?

—Por mí encantada —Clara sonrió—. Pero... eres mi Jefe.

—Solo en horas de trabajo.

Compadre paró el coche en el primer sitio que encontró, puso punto muerto, se giró hacia Clara y le dio un beso.

—Tenía muchas ganas de hacerlo. Solo hace un rato que nos despedimos y ya te echaba de menos.

Clara le devolvió el beso.

—A mí me pasaba lo mismo.

Volvió a poner el coche en dirección al Museo. Lo dejaron en el mismo sitio que el día anterior. Bajaron del coche y subieron las escaleras. Un coche patrulla se encontraba en la puerta del Museo.

—Creo que tenemos otro dedo —dijo Compadre.

—Eso parece.

Cuando llegaron al Museo el director estaba en la puerta junto con la limpiadora y dos agentes de Policía.

—Buenos días.

—Buenos días —Los agentes y el director contestaron a Compadre.

—¿Un dedo nuevo? —preguntó Compadre.

—Sí, señor Inspector. Nos lo acaba de dar el director. Cuando nos avisaron trajimos una nevera con hielo, aquí lo tenemos.

Compadre abrió la nevera y vio el dedo con el cartón y la misma nota.

—Íbamos a llevarlo a Comisaría.

—No se preocupen agentes, nosotros nos encargamos, pueden retirarse. Gracias por todo.

El director, la limpiadora, Compadre y Clara pasaron al interior del Museo. El Santo Grial seguía acordonado con una cinta.

—Bueno, parece que todo se repite de la misma forma. —dijo el director.

—No todo, este dedo es de una mujer, tiene las uñas arregladas y pintadas.

—¿Saben de quién es? —preguntó la limpiadora.

—Lo sabremos en unos minutos. Hay una chica en el hospital ingresada sin un dedo, suponemos que es de ella. ¿Estaba en el mismo sitio?

—Sí, detrás de la vitrina del Santo Grial, envuelto en cartón y con la nota. Esta vez fue lo primero que vi nada más ponerme a limpiar. No sé, pero fue lo primero que me dio por mirar nada más empezar a trabajar.

—Es normal —le dijo Clara dándole una palmada en la espalda para tranquilizarla—. ¿Es usted Inés Duque?

—Sí, soy la misma con la que habló el Inspector ayer. Ya van dos dedos. ¡Dios Mío! Espero que esto se acabe pronto, me toca limpiar toda la semana el Museo. No me gustaría ver más dedos.

—¿Y usted?, Tomás... ¿no? —preguntó Compadre.

—Tomás Cañizo.

—¿Vio algo raro al abrir el museo o al cerrar ayer?

—Nada, Inspector, lo de siempre. Lo siento mucho. Es verdad que la limpiadora me avisó antes que ayer, prácticamente nada más llegar. Por lo demás todo igual.

En ese momento llamó Javi desde el hospital. Compadre cogió el móvil.

—Dime, Javi.

La chica no tenía ningún golpe, solo el dedo índice cortado. Eso sí, fue en un portal y la durmieron con cloroformo. Dejaron la misma nota en papel al lado de ella. Fue sobre las siete de la tarde. Los vecinos avisaron a una ambulancia que la trajo al hospital. Pensaba que había sido el mismo tío de ayer, eran las mismas formas. Se llama Belén Alonso Manso y trabaja en el ayuntamiento como administrativa en el registro. Estaba muy preocupada por el dedo.

—¿Está el dedo ahí? —preguntó Javi.

—Sí, lo tenemos. Ahora mismo lo subiremos al hospital. Espérame ahí. De todas formas, imagino que este tampoco podrá trasplantarse.

—El médico ya se lo ha dicho, pero no pierde la esperanza. Al parecer no todos los dedos sufren el mismo proceso, pero ya le ha comentado que es casi imposible recuperarlo.

—Bien. Subimos para el hospital.

Compadre colgó el teléfono.

—Ya sabemos de quién es el dedo. Belén Alonso Manso. El de ayer se llama Antonio Lara. ¿Les suena de algo alguno de los dos nombres?

—Ni idea —contestó el director.

—A mí tampoco —dijo la limpiadora.

—Está bien. Probablemente cuando se entere la prensa se darán un paseo por aquí. Pueden hablar con toda tranquilidad de lo que saben, no hay problema. Eso sí, les pido que no digan nada de los nombres de las personas que cortaron el dedo, no fomenten el morbo. Hay dos personas sin dedo. Esto hará que aumenten aún más las visitas al museo. Por cierto, Tomás, ¿sabe alguna historia relacionada con el Grial y dedos cortados?

—Ahora mismo no se me ocurre ninguna. Investigaré un poco, si tengo algo le llamaré para contárselo.

—Ok, estaremos en contacto. Por cierto... si aparece otro dedo déjenlo donde esté, no lo toquen. Que sea la policía la que lo recoja. ¿De acuerdo?

—De acuerdo, Inspector —contestó Tomás.

Compadre y Clara salieron del museo y subieron al coche dirección al hospital de León.

—Clara, ¿no te parece rara la actitud del director?

—¿Tú crees? ¿Por qué lo dices? Yo lo veo muy normal, un poco pasado de moda vistiendo, pero todos los historiadores deben vestir así. Por lo menos en las películas.

—Si entras en tu museo, tienes el Grial acordonado... Te recordaría lo que pasó el día antes, ¿no?

—Eso creo —contestó Clara.

—¿Tú no mirarías como hizo la limpiadora? Aunque solo fuera por simple curiosidad.

—Tienes razón. Pero aunque sea raro, puede que no lo hiciera.

—Seguro que no lo hizo, la limpiadora lo sabría. De todas formas no me gusta demasiado. Avisaré a Matilla para que investigue sobre el director, el Grial y gente que corta dedos. Igual encuentra algo en común.

7

Pasaron dos días. No hubo más dedos cortados. No había huellas, solo las de la limpiadora, las del director y los policías que habían estado en contacto con el segundo paquete y la nota. No había sospechoso. Buscaron información sobre Tomás Cañizo, tenía 46 años, llevaba diez años como director del museo, había colaborado con la Universidad de León en la investigación que suponía que el Santo Grial de su museo era el auténtico. Tenía varias publicaciones sobre la Historia de León y sus reyes, ninguna relación con las víctimas de los dedos. Todo era normal en él.

Clara y Compadre siguieron acostándose juntos, cada día se compenetraban mejor. Pasaban casi las 24 horas juntos cual pareja de enamorados, pero en el trabajo nadie lo sabía, tampoco Tuca. Se levantaban y cada uno se vestía en su casa. Siempre llegaba primero Clara a Comisaría. Compadre vestía con su ropa más juvenil, quería aparentar menos edad. Clara siempre le decía lo joven y guapo que estaba. A él le gustaba oírlo. Tenían la extraña sensación de que no podían separarse. ¿Era amor? El trabajo ayudaba.

En internet buscaron todo lo relacionado con casos de gente que aparecía con el dedo cortado. Solo eran traficantes que ajustaban cuentas, normalmente fuera de España. También encontraron que la gente que soñaba que le cortaban el dedo indicaba que pasaba por una mala racha económica o que tenía problemas familiares. Hoy en día eso le pasaba a casi todo el mundo en España. Nada destacable y que pudieran aportar alguna pista al caso.

Eran las doce de la mañana. Clara y Compadre salieron a tomar una cerveza a la terraza del bar de siempre, el caso no avanzaba y, de vez en cuando, se tomaban un respiro para no desmotivarse demasiado por la ausencia de pistas a seguir. El móvil de Compadre sonó. Era Matilla.

—Creo que será mejor que vengas al despacho lo antes posible. Tengo algo muy bueno sobre el caso.

—Voy para allá ahora mismo.

Compadre y Clara apuraron la cerveza de un trago. "¡Por fin algo!", pensaron. Necesitaban algo con lo que empezar.

Ya estaban todos en el despacho de Compadre esperando oír las noticias de Matilla.

—Cuéntanos, Matilla —dijo Compadre.

—Buscando noticias relacionadas con dedos cortados y el Grial en la Hemeroteca, me encontré con un pequeño artículo escrito en 1938 en un periódico llamado Proa, ya desaparecido. Era un artículo sobre varios dedos cortados que habían encontrado en 1937. ¿Sabéis dónde? En la Iglesia de San Isidoro y detrás del Grial, aquí en León. ¿No es acojonante?

—Pero el Santo Grial está en el Museo —respondió Javi.

—Eso es ahora. Durante la guerra estaba en la iglesia. Lo trasladaron al museo hace veinte años.

—¡Bien, Matilla! —gritó Compadre— ¿Dieron con el cortadedos?

—No, parece ser que estaban muy ocupados en ese momento con la guerra. Al volver a Comisaría me puse a mirar en el ordenador expedientes de denuncias en esa fecha sobre el caso y resulta que todas las denuncias de las que tenemos documentación son a partir de 1940, después de acabada la guerra.

—¡Mierda! —volvió a gritar.

—Tranquilo, Jefe. Ya sabes que los papeles se me dan muy bien —Matilla sonrió irónicamente—. Seguí mirando denuncias años más tarde hasta que llegué a 1950 y... ¡Bingo! Una persona denunció que le habían cortado el dedo en 1938. Como no le solucionaron nada, volvió a denunciarlo en 1950, una vez acabada la guerra, cuando la cosa estaba más calmada y el régimen Franquista se había consolidado en España.

Matilla le siguió explicando que el Comisario por aquel entonces, un tal Roberto Barba González, decidió reabrir el expediente y empezar a investigar. Había leído varias veces todo el expediente. Al parecer pensaban que no era una sola persona, sino dos. Actuaban por venganza contra personas que habían delatado por rojos, o algo parecido, a los franquistas. Supuestamente los padres de los dos sospechosos murieron o los mataron en San Marcos, que por aquella época era una cárcel del bando de los Nacionales de Franco. El caso es que cortaban el dedo índice como venganza para que no pudieran señalar más a la gente y dejaban una nota muy parecida a la que deja el actual cortadedos. Algo pasó y en 1951 cerraron el caso. No hubo ningún detenido. Todo quedó como si no hubiera pasado nada. Se cerró y nadie se preocupo del caso hasta hoy.

—¿Y los dos cortadedos? —preguntó Compadre.

—Nada, ni rastro. Ni un nombre ni nada que pudiera darnos alguna pista. Todo muy raro.

—¿Vive todavía ese Comisario?

—Sí, debe tener unos 85 años, pero está vivo. Además vive aquí en León, en una chalet adosado a las afueras, en Villaobispo. Tengo su dirección.

—¡Buen trabajo, Matilla! Javi, haz una visita a todos los periódicos de León a ver si encuentras alguna noticia sobre los cortadedos que no encontrara Matilla en la hemeroteca. Matilla. ¿Sabemos el nombre del periodista que firmó el artículo?

—Se llamaba César Fuentes Díaz, pero murió hace varios años.

—Recuerdo vagamente el periódico Proa —dijo Compadre—, probablemente cuando se cerró muchos de sus periodistas pasaron a formar parte del Diario de León. Durante muchos años fue el único periódico de la ciudad. Javi, cuando visites el Diario de León pregunta por ese tal César Fuentes. Puede que algún hijo quisiera seguir la tradición familiar y sea periodista. Esos casos tan raros no se olvidan y algún hijo, familiar o compañero de la época pueda recordar algo. Muchos hijos de periodistas son periodistas. Si encuentras alguna cosa sobre César Fuentes, avisa a Matilla, él se encargará de investigar.

—Vale, Jefe —contestó Javi.

—Matilla, sigue trabajando a ver si sacas algo más en documentación. Quizás se volviera abrir el caso años más tarde, no sé, cualquier cosa. Busca todo lo que tenga relación con denuncias de alguien que le cortaran un dedo. Entre Javi y tú tenéis que intentar dar con alguien que se acuerde del caso de los cortadedos. Ah, y ya sabes... escribe el informe para el Jefe Lorenzo.

—Me pongo ahora mismo a ello —respondió Matilla con cara de satisfacción por el descubrimiento.

—Clara y yo nos vamos a Villaobispo a hablar con el Comisario Roberto Barba. Quiero estar al tanto de todo lo que pase. Ya sabéis mi teléfono. A las cinco de la tarde nos vemos aquí otra vez. Chicos, creo que vamos por buen camino.

Llegaron a la dirección del Comisario, unos chalets adosados con una pequeña zona con jardín en la parte delantera. Bajaron del coche y fueron al número que les había proporcionado Matilla, había un hombre mayor de pelo canoso y con cara amable sentado en el jardín, leyendo el periódico.

—Buenos días, caballero. Estamos buscando al Comisario Roberto Barba.

—¿Comisario? Hace mucho tiempo que estoy jubilado. ¿Quién pregunta por mí?

—Soy el Inspector Compadre y ella la agente García.

—¡Vaya, qué coincidencia! Pasen por favor —les abrió la puerta de entrada al jardín—. Estaba leyendo precisamente el caso del cortadedos en el periódico, tenía el presentimiento de que iban a visitarme tarde o temprano. Han sido rápidos.

Pasaron al jardín y el viejo Comisario le señaló unas sillas que estaban apoyadas sobre las escaleras de subida a la vivienda. Cogieron dos sillas y se sentaron alrededor de la mesa de camping donde leía el periódico.

—Bueno... ustedes dirán.

—Iremos al grano. No queremos molestarle demasiado tiempo —le dijo Compadre.

—A mi edad Inspector, una visita no es una molestia, al contrario, estoy encantado de volver a colaborar con la policía.

—Mire, como sabrá han aparecido dos dedos cortados en al museo de San Isidoro, detrás del Grial, tal y como un caso que usted llevó en 1950. En este momento no tenemos más pistas que las que usted pueda recordar de aquel viejo caso. Creemos que estamos ante un delito que puede guardar alguna relación.

—¡Los Cachanes! Ese caso lo recuerdo muy bien. Varios años estuve intentado averiguar qué sucedió realmente.

—¿Los Cachanes? —preguntó Compadre con cara de asombro.

—Sí, los Cachanes. Por aquellos años investigué los dedos aparecidos. Resulta que encontré a los autores, que usted llama cortadedos. Jacinto Cachán y Rogelio Suarez.

—¿Encontró a los sospechosos? Pero, en el informe no dejó escrito los nombres. ¿No se les detuvo? —preguntó Compadre.

El Comisario les explicó que cuando ya tenía a los autores, Rogelio había muerto y Jacinto Cachán estaba en Madrid, trabajando para el nuevo régimen en algo parecido a un departamento secreto creado por el Teniente General Francisco Gómez, Vicepresidente del Gobierno y mano derecha del Franco. A Jacinto Cachán y los que trabajaban en su departamento les llamaban los Cachanes. Cuando resolvió la trama de Rogelio y Jacinto, quiso averiguar más, incluso para detenerles. Detener a Rogelio fue imposible, había muerto, pero sí que investigó a Jacinto. El mismo día que iba a viajar a Madrid para hablar o detener a Jacinto, llegó una orden directa del mismísimo Teniente General dándole la orden de cerrar el caso y olvidarse por completo de Jacinto Cachán y Rogelio. Por supuesto, no podían aparecer sus nombres en el informe.

—Pero tenía entendido que Jacinto Cachán cortaba los dedos a los delatores de los rojos —replicó Compadre—. ¿Cómo puede ser que trabajara para el régimen franquista? ¿Se pasó al bando contrario?

—No, no, nada que ver. Déjeme seguir la historia y lo entenderá, vayamos por partes.

El Comisario siguió contándoles el caso. Les dijo que en aquella época, si llegaba una orden directa del Teniente General y Vicepresidente del Gobierno, lo único que podían hacer era cumplirla y callar. Él lo había hecho, pero nunca se olvidó del caso.

Muchos años más tarde, ya en la época de la Democracia, se enteró de que Cachán se había comprado una casa nueva en León. Recordaba que era enorme, muy lujosa, daba que pensar que era de un adinerado. Al enterarse le hizo una visita, no podía dejar pasar la oportunidad, aunque fuera extraoficialmente. Muy cortésmente, le recibió. Tenía ganas de hablar, incluso le invitó a comer.

—Espero que la comida sirviera de algo —dijo Clara.

—Por supuesto. Creo que en el fondo necesitaba contarlo todo, por lo menos me dio esa sensación.

El Teniente General se había enterado de que habían cortado el dedo a varios delatores. No sabía cómo, pero el caso es que se enteró. Después de la guerra, el régimen, tenía ojos y oídos en todos los rincones de España. Le llevaron detenido hasta la mismísima Casa de Campo, donde le recibió el Teniente General en persona. Pensaba que le iban a matar, tal y como hicieron con su padre en la cárcel de San Marcos. Para su sorpresa, no era ese el plan que tenían para él. El Teniente General le perdonaba siempre que aceptara trabajar para el nuevo régimen.

—¿Trabajar para el régimen? —preguntó Clara.

—Sí, jovencita, ahora lo entenderá. Como ustedes sabrán, por oídas claro, debido a su poca edad, el régimen franquista mató a mucha gente que no comulgaba con sus ideas. Su fin era crear un nuevo país limpio del Comunismo y de la antigua República. Sabían que en esa limpieza se mató a mucha gente inocente, pero pensaban que los culpables de esas muertes injustas, fueron los que delataron falsamente y se aprovecharon del régimen en su propio beneficio. Por algún extraño motivo y aunque parezca increíble, probablemente porque no les dejara dormir tranquilos, querían saber quiénes eran esos falsos amigos del régimen.

Querían dar un escarmiento a los delatores. La Nueva España debía estar limpia de rojos, pero también de aprovechados. Fueran del bando que fueran. Solo querían gente que trabajara en beneficio de su país, no en beneficio propio. Se hicieron muchas cosas mal, pero de vez en cuando, imagino que intentaban hacer algo bueno.

—Por lo poco que sé... Mataron a muchísima gente —dijo Clara.

—No se equivoque, señorita. Todos estamos de acuerdo en que murió mucha gente después de la guerra que no debió morir. Ganaron los franquistas y murieron muchos rojos. ¿Cree usted que si hubieran ganado los rojos no hubieran encerrado y fusilado a los Franquistas? Probablemente no estaría hablando conmigo. Pero eso no es lo importante, todos estamos de acuerdo que no se hizo de la forma correcta. El caso es que pensó que Jacinto Cachán era el hombre perfecto para desarrollar esa nueva tarea, limpiar España de supuestos patriotas, pero que lo único que perseguían, era sacar provecho. De paso, imagino, que los nuevos miembros del régimen, podrían tener su conciencia más tranquila por los que fusilaron injustamente.

—O sea que... ¿Jacinto trabajaba para el régimen cortando dedos? —preguntó Compadre.

—No, no. Según me contó el mismo Jacinto, no querían cortar dedos. Lo que querían es quitarles todos los bienes que hubieran podido ganar gracias a sus confesiones falsas. Los bienes irían a parar de nuevo a la familia del fusilado. Imagino que pensaron que así podrían aliviarles de alguna forma.

—Si te fusilan a un padre o un hijo, el dinero no creo que fuera de mucho consuelo —le contestó Clara, con cara de desaprobación.

—De todas formas, por lo que me contó el propio Jacinto, creo que pocos bienes se devolvieron. La mayoría se quedaron en custodia del régimen, muy a su pesar. España y el régimen se encontraban sin muchos fondos después de la Guerra Civil. Según Cachán, la mayoría de lo requisado fue a parar a la División Azul. Estaba formada por soldados que mandó Franco en apoyo a Hitler para luchar contra Rusia en la Segunda Guerra Mundial. Imagino que pensarían que era más necesario eso que devolvérselo a los familiares. Era otra forma de compensar a su país por la injusticia cometida. Jacinto Cachán trabajaba para el régimen, pero su misión era la misma que pensaron Rogelio y él desde un principio. La única diferencia, y muy importante, era que tenía el apoyo del gobierno, por lo que tenía libertad total para hacer las investigaciones y prácticamente lo que quisiera, siempre que el Teniente General no estuviera en contra. Lo único que hizo fue aceptar cambiar cortar dedos por arruinar y despojar de los bienes ganados a los delatores. Sinceramente, no estaba mal el cambio. Creo que Jacinto no tenía ninguna ideología política, solo le importaba hacer justicia. Le daba igual que lo pudiera hacer con el régimen fascista o con el mismísimo Stalin.

—¿Vive Jacinto Cachán? —preguntó Compadre, impaciente por una respuesta positiva.

—No, murió en 1995, yo mismo asistí a su entierro. Pero su legado todavía está vivo.

—¿Qué quiere decir con eso?

—Cuando llegó la Democracia a España, el departamento de Jacinto se consideró un departamento incómodo, difícil de explicar. Cerraron el departamento de los Cachanes y por supuesto Jacinto tuvo que retirarse. Fue cuando volvió a León y se compró la casa.

—Dice que la casa era lujosa. ¿Tan bien pagaban a Jacinto?

Jacinto Cachán, según el Comisario, tenía un rango muy alto como miembro de los servicios secretos, tenía un buen sueldo.

—¿Sabe cuántas asociaciones y otras organizaciones patriotas y fanáticas del régimen Franquista había por aquellos tiempos? —preguntó el Comisario. La misión de todas ellas era la misma, ayudar a convertir a la gente y por supuesto acabar con todo aquél que no estuviera de acuerdo o que pudiera perjudicar a la nueva España. El departamento de Jacinto iba directamente en contra de ellos. ¿Qué cree que hubiera pasado si se enteran de que el gobierno tenía un departamento que se dedicaba a investigarlos? La Nueva España los necesitaba, por muchos errores que pudieran cometer. Sin ellos, el nuevo régimen no hubiera triunfado.

—Imagino que se verían en el punto de mira —expuso Compadre—, ellos o alguno de sus amigos. No creo que les resultara cómodo saber que los grandes amantes de la patria podían ser investigados.

—Por supuesto, Inspector —respondió el Comisario jubilado.

Les explicó que no podían cometer el error de que los más afamados defensores de la patria, que tanto ayudaron en la guerra, se enteraran de lo que hacía el departamento de Jacinto. Algunos de ellos fueron investigados e incluso desposeídos de sus bienes por el departamento de los Cachanes. Los Cachanes investigaban, cuando encontraban algún personaje sospechoso de enriquecerse a costa de engañar al pueblo, lo comunicaban. Era el Teniente General quien tenía la última palabra y dictaba las consecuencias. Nunca debían enterarse de cómo lograban averiguarlo, por eso necesitaban el silencio de Jacinto. Estaban seguros de que si le "dejaban hacer" y no tenía problemas económicos, jamás sacaría a la luz la misión de su departamento. Eso podría incluso hacer caer el régimen. Tenían que ser muy discretos, de ahí el alto salario de Jacinto. De todas formas, el dinero conseguido por el departamento de Jacinto compensaba con creces los gastos.

—La verdad, Comisario... Nos interesa más la parte del legado que Jacinto pudo dejar en los tiempos actuales. Puede que el cortadedos de ahora sea un legado de los Cachanes.

—Lo siento, Inspector, ya sé que me enrollo mucho, pero los viejos es lo que tenemos al contar batallitas —Roberto sonrió y Compadre y Clara le acompañaron en la sonrisa en forma de comprensión—. Bueno, Jacinto me contó que aunque le habían jubilado, su tarea no podía acabar. Creía que era muy importante seguir persiguiendo a los traidores y delatores que se enriquecían a costa de arruinar a otros. Pensaba que en este país todavía quedaban muchos y, la verdad... por lo que se oye cada poco en la prensa, no le faltaba razón. ¡Miren ustedes los políticos que se descubren cada poco en casos de corrupción! El caso es que según me contó, tenía la esperanza de que sus hijos siguieran su legado.

—¿Sabe de qué forma? —preguntó Compadre.

—Eso no lo sé muy bien. Creo que algo tendrán que investigar ustedes —Se rió—. Lo que sí sé es que en el año 2012 me encontré con un caso de un político que le descubrieron cuentas en suiza con dinero poco justificable. Había sido concejal de urbanismo y el Diario de León destapó todo el caso. El hombre fue a parar a prisión y hacienda embargó todas sus cuentas. Del periodista que firmaba el artículo, no me acuerdo muy bien de su nombre, pero sí de su apellido, era un Cachán. Concretamente recuerdo que era uno de los hijos de Jacinto. Atando cabos, pensé que el hijo de Jacinto podría estar siguiendo el legado de su padre. Pero puede que sean imaginaciones de un viejo chocho.

—O sea... que puede que exista algún Cachán que está actuando de Robin Hood, o limpiando la patria, como su padre.

—No lo sé seguro. Yo me retiré de la policía hace muchos años, pero sí les puedo decir que en León hay un clan de los Cachanes.

No sé si son vengadores, pero entre los hijos, sobrinos y nietos de Jacinto, hay abogados, periodistas, políticos, banqueros y toda clase de trabajadores. El problema es que me extraña que sean ellos los cortadedos.

—¿Por qué cree que no son ellos?

—Su padre me contó que ya no estaba de acuerdo en cortar dedos. Llegó a la conclusión que el régimen tenía razón. Era mucho más efectivo dejarles sin un duro y acusarles públicamente. No creo que a sus hijos les aconsejara seguir con eso. Ni siquiera él lo hacía. Lo que sí sé, es que hay mucha gente a la que no le gustan las injusticias.

—¿No será usted uno de ellos? —le preguntó Compadre sonriendo mientras el viejo con cara amable también se reía.

—¡Qué va! Aunque le confieso que alguna vez sí que me han dado ganas de serlo. Viendo lo que sale en los periódicos y en la tele todos los días, creo que el gobierno debería tener muchos departamentos como el de los Cachanes.

—Muchísimas gracias —dijo Compadre—. Nos ha sido de gran ayuda su historia. Gracias a usted tenemos una línea de investigación, bastante más de lo que teníamos hace un rato.

—Para mí ha sido un placer colaborar con ustedes. Espero que tenga razón, pero mi olfato de Comisario, todavía tengo algo, me dice que este cortadedos no tiene nada que ver con los Cachanes.

—No se preocupe, será un placer informarle cuando resolvamos el caso... compañero —le contestó Compadre.

—Espero su visita de nuevo, Inspector Compadre. Por cierto, espero que no tenga que abandonar el caso, sería la segundo vez —dijo con sonrisa burlona.

—Yo también lo espero, sino tendría que pensar que pocas cosas habrían cambiado desde aquella época.

Clara y Compadre se montaron en el coche. Compadre marcó el teléfono de Javi con su móvil.

—Javi, ¿dónde estás?

—En el Diario de León, Jefe.

Le indicó que preguntara si existía algún periodista apellidado Cachán que estuviera en plantilla. Si aparecía alguno, en el Diario o en cualquier otro periódico, tenía que avisar a Matilla para que lo investigara a fondo, a él y a toda su familia. Necesitaba toda la información de la familia Cachán.

—Vale, Jefe. Ahora mismo me pillas hablando con el director. Cuando acabe llamo a Matilla.

—Nosotros vamos a Comisaría. Dile a Matilla que cuando llegue quiero la dirección de algún Cachán. Parece ser que son la saga de los cortadedos. Ya te contaré más detalles en Comisaría.

—Compadre, creo que tenías razón —le espetó Clara.

—¿Razón?

—Sí, es un plural. Los cortadedos.

—Eso está por ver, cariño. —Le dio un beso.

8

—Claudio Cachán —le dijo Javi a Compadre.

Eran las cinco y media de la tarde y estaba todo el equipo en el despacho. Compadre les explicó todo lo que les había contado el viejo Comisario Roberto. Javi no había encontrado a nadie relacionado con el periodista que escribió el artículo en 1938, pero sí a Claudio Cachán. Trabajaba como periodista de investigación en el Diario de León. Matilla aclaró que era el segundo hijo de Jacinto Cachán. Se llamaba igual que el abuelo que mataron en San Marcos. Tenía 54 años y llevaba más de quince años trabajando en el periódico. Casado y con un hijo.

—Cuéntanos todo lo que sepas de esa familia —dijo Compadre a Matilla.

Encontró varias familias con ese apellido en León. Después de que le llamara Javi para decirle lo de Claudio, el periodista, se centró en investigar a esa familia en concreto. Era una familia bastante numerosa. Había un poco de todo, desde abogados hasta compañeros policías. Eran tantos que solo tuvo tiempo de averiguar información de los cabezas de la familia, tres hermanos y una hermana. Uno de los hermanos era policía, otro periodista, como ya sabían, la hermana era política y el último, el mayor de todos, era un abogado famoso en León y, por lo que le parecía, el Jefe del clan. Cada uno de ellos tenía hijos, primos y demás familiares.

La hermana se llamaba María Jesús, pero todo el mundo la llamaba Marichu. Tenía 45 años, concejala de deportes del ayuntamiento por el Partido Popular y la única hermana soltera. El mejor sitio para encontrarla era el ayuntamiento o la sede de su partido.

—Javi, tú irás a hablar con la hermana política, se te dan bien las mujeres. Utiliza tus armas de seductor para sonsacarla todo lo que puedas.

Javi sonrió mirando a Clara.

—¿Tenemos la dirección de ese abogado? Es el primero que quiero visitar —preguntó Compadre.

—Sí, Jefe, tengo la de todos. Del abogado tengo la dirección de su despacho, es donde suele recibir las visitas por las tardes.

—¡Buen trabajo! Intenta averiguar si alguno de los que les han cortado el dedo ha traicionado, delatado o perjudicado de alguna manera a otra persona en los últimos tiempos y si conocen a las Cachanes. Tenemos que descubrir por qué ahora vuelven a aparecer dedos cortados. Puede que cada dedo sea por cosas diferentes, sin que tengan relación entre ellos. Pueden ser dos venganzas distintas. Jacinto Cachán se dedicaba a descubrir a gente que acusaba injustamente a otros, incluso llevándoles al paredón de fusilamiento. Puede que su seguidor se haya suavizado y no necesite tanto para vengarse.

—La verdad, Jefe —contestó Matilla—, es que los dos pobres a los que han cortado el dedo, Antonio y Belén, tienen una vida de lo más normal. Nunca les ha denunciado nadie, no tienen antecedentes policiales ni penales. No hay motivos para vengarse de ellos. De todas formas, les haré una visita para que piensen posibles enemigos, aunque sea jugando a las cartas.

—Está bien. Clara y yo iremos al despacho del abogado. Cuando se enteren de que estamos al tanto de la actividad de su padre y que la relacionamos con los actuales cortadedos puede que se ponga nervioso y nos cuente algo interesante.

Salieron los cuatro del despacho con la mente pensando que "tenían caso", y no un caso cualquiera. Creían que hoy era el día que por fin averiguarían algo.

—Para ser mi primer caso, parece interesante. Suerte que me destinaran contigo, y... no solo por el caso, bobo —Clara le dio un beso, ya estaban solos en el coche dirección al despacho del abogado de los Cachanes.

—Como dice la canción. Has tenido suerte de llegarme a conocer —le contestó Compadre, mientras le devolvía el beso.

Llegaron a la dirección del despacho del abogado, situado en una calle céntrica de León, junto al ayuntamiento. En esta ocasión, aparcaron el coche en frente del portal, era zona azul, pero dejaron la cartulina de policía en el parabrisas del coche. En el portal había colocadas varias placas, entre ellas la que buscaban: "Jaime Cachán Torres, Abogado, 3º Izquierda". Subieron en el ascensor. El portal y el edificio eran antiguos, pero se notaba que estaba arreglado con mucho gusto y dinero. Al llegar llamaron a la puerta y les abrió una señorita de unos cuarenta años, vestida con traje de falda elegante.

—Buenas tardes. ¿Tenían cita?

—Realmente no venimos a ninguna consulta. Soy el Inspector de policía Compadre y ella es mi ayudante, la agente García. ¿Podemos hablar con el señor Jaime Cachán?

—En estos momentos tiene una reunión con un cliente, pero si quieren pueden pasar y esperar. No creo que dure mucho. Mi nombre es Azucena y soy la secretaria del señor Jaime. Pasen, por favor.

Les pasó a una sala de espera con muebles nuevos pero de maderas nobles. En el centro había un sofá con una silla antigua a cada lado. Sobre el sofá la orla de derecho colgada en la pared con muchas cabezas en la que supuestamente estaría el señor Jaime Cachán. Había que fijarse mucho para encontrarlo. La secretaria los dejó solos en la sala.

—Este abogado debe ser de los buenos —susurró Clara en voz baja.

—Sí, estos muebles no se pagan como abogado de oficio —le murmuró Compadre.

—¡Mira! hay un marco en ese armario con el escudo de los Cachanes y al lado una foto, parece que son el hijo y el padre.

—Puede que estemos ante la foto del mismísimo Jacinto Cachán, el primer cortadedos de la historia —le respondió Compadre con una sonrisa burlona.

Al cabo de unos veinte minutos apareció de nuevo la secretaria.

—El señor Cachán ya puede recibirles. ¿Me acompañan, por favor?

Abrió la puerta del despacho y les invitó a pasar. Jaime Cachán se encontraba sentado en una silla de cuero marrón detrás de una mesa grande de roble con un trozo de piel verde incrustada en el centro. Una pluma a la derecha, en un tintero, y un abrecartas a la izquierda. En la parte izquierda del despacho había otra mesa de aspecto más moderno donde tenía un ordenador encendido. Un mueble enorme lleno de libros y carpetas llenaba el resto del despacho. Cuando vio entrar a los agentes se levantó de su silla y salió a la puerta a recibirlos.

—Buenas tardes. Pasen, por favor. Mi nombre es Jaime Cachán. Mi secretaria me ha comentado que son policías. Díganme en qué puedo ayudarles —dijo.

Jaime Cachán vestía el traje reglamentario de un buen abogado en el que destacaba una llamativa camisa. Era más bien alto y corpulento, pero no en exceso. El hombre causaba respeto en la primera impresión, uno sentía que estaba delante de alguien importante. Compadre sabía que tenía 58 años, se lo había comentado Matilla. Eran los años que aparentaba.

—Buenas tardes —respondió Compadre. Somos el Inspector Compadre y mi compañera la agente García.

—Encantado —Les dio la mano.

—Mire, estamos investigando un caso —empezó a hablar Compadre—, el caso del cortadedos. Seguramente lo haya leído en la prensa.

—Sí, por supuesto. Claro que lo he leído.

—Tenemos la sospecha de que podría tener relación con un caso por el que fue investigado su padre en los años 50. Supuestamente, Jacinto Cachán, antes de trabajar en el departamento secreto para el régimen franquista, pudo intentar vengarse por la muerte de su padre, cortando el dedo a la persona que le acusó y después dejándolo en el Grial de San Isidoro — Compadre fue directo—. Resulta, que es lo mismo que hace el actual cortadedos. No creemos que sea pura coincidencia. ¿No le parece?

—Mire, Inspector...

—Compadre... Inspector Compadre.

—Inspector Compadre. Mi padre nunca fue juzgado y mucho menos acusado por ningún delito. Era un hombre leal al que le gustaba la justicia, igual que a mí. Quizás esa fuera la razón por la que me hice abogado. Eso de que mi padre cortaba dedos, perdón Inspector, pero solo es una leyenda que nunca se pudo demostrar. ¿Tiene usted alguna prueba de esa acusación?

—Tengo el testimonio de su padre. Por lo visto su padre se lo contó al Comisario Roberto Barba. Quizás lo conozca.

—Le conozco prácticamente de oídas. Creo recordar que mi padre alguna vez habló de él. No sé lo que les habrá contado, pero mi padre era el hombre más noble y justo que he conocido hasta ahora y, le repito, jamás fue acusado de nada. Es cierto que trabajaba para los servicios secretos. También es cierto que se dedicaba a buscar traidores, más bien delatores, que por su culpa habían fusilado a gente inocente. Una vez que se jubiló, nunca ocultó la actividad de su departamento, pero que yo sepa a todos los que descubrió mi padre, que fueron muchos, tenían cinco dedos en la mano. Antes y después de ser descubiertos...

—Sí, eso lo sabemos. Sabemos que su padre dejó la actividad de cortar dedos después de ingresar en el servicio secreto. Su trabajo no se lo permitía. Pero le repito, inicialmente pudo cortar alguno. Él mismo se lo contó al Comisario Roberto. Nos contó que cortó el dedo al delator de su abuelo.

—Inspector...

—Por favor, déjeme acabar. No nos importa la actividad de su padre durante la guerra, es un tema pasado y olvidado, se lo aseguro. Solo queremos saber si actualmente hay algún Cachán que estuviera interesado en retomar la justicia cortando dedos. También sabemos que su padre, con el paso del tiempo, estuvo en desacuerdo en vengarse de esa forma, pero quién sabe, quizás alguien de su familia no lo vea así. Pero créame, si algún Cachán está detrás de todo esto, lo único que conseguirá, es manchar el nombre de los Cachanes, incluido el de su padre. Sería bueno contar con su ayuda antes de que la cosa llegue a más. Cuanto antes lo encontremos, más fácil será que no se remueva la historia familiar.

—Me encantaría ayudarles, pero ya le digo, mi familia no se dedica a cortar dedos a nadie.

—Creemos que su padre quería que alguien siguiera su legado. ¿No se le ocurre nadie?

—¡Toda mi familia sigue el legado de mi padre! Se lo puedo asegurar. Todos y cuando digo todos, son todos. ¿Usted no lo cree?

—Yo no soy nadie para juzgar lo que hacía su padre. Es una forma de hacer justicia. Pero quizás alguien piense que cortar dedos también lo es —le replicó Compadre.

—Nosotros somos una familia muy numerosa, imagino que ya lo sabrán. Todos tenemos nuestros trabajos. Si alguno se encontrara a alguien de esa calaña le puedo asegurar que seríamos los primeros en delatarlo. Eso sí, dejando los dedos tranquilos.

—¿Y no le parece muy raro la coincidencia en las formas?

—Estoy de acuerdo con usted. Mire, le voy a ser sincero, no me voy andar con rodeos, creo que tienen bastante información de mi familia, de lo contrario no estarían aquí. El Comisario Barba les contaría que al departamento donde trabajaban mi padre y sus agentes le llamaban los Cachanes. A mi familia hay gente que nos llama el "clan de los Cachanes". Como si fuéramos un clan mafioso, eso lo sé. Incluso dicen que yo soy el Jefe del clan. Yo a mi familia no la llamaría clan, la llamaría familia unida por un mismo fin, el mismo que perseguía mi difunto padre, intentar descubrir a los traidores en nombre de la patria. Cuando se instauró la democracia en España, todos esos posibles traidores se reconvirtieron en políticos, lo que hoy en día se conoce como políticos malos. Mi padre lo sabía. Todo el mundo quiere lo mismo, acabar con ellos. El problema es que muchas veces no pueden, no quieren o no tienen los medios necesarios. Quizás nosotros los tengamos.

—Alguna cosa he oído, por ejemplo lo del político al que su hermano sacó a la luz los chanchullos que hacía —Compadre le contestó, quería que el abogado pensara que conocía bien a la familia.

—Mire, Inspector Compadre. Ese caso podría contárselo perfectamente. Fue a mí al que vinieron a pedirme ayuda.

—¿Ayuda?

Jaime Cachán les contó que el político en cuestión era concejal de urbanismo y de la vivienda. Durante le época de bonanza económica robó muchísimo dinero de los contribuyentes, en comisiones y demás chanchullos. Un día llegó una mujer a su despacho explicándole que su marido se había suicidado. Su marido trabajaba en el departamento de urbanismo. Cuando llegó la crisis ese hijo de mala madre no devolvió ni un duro, pero sí echó a la calle a varias personas, entre ellas al marido de esta señora. "Recortes", lo llamó. Esos recortes no hubieran sido necesario si hubiera devuelto todo el dinero que robó. El caso es que su marido se suicidó al quedarse en la calle, probablemente porque no podía vivir pensando en cómo iba a dar de comer a sus hijos. Eso sí, antes de suicidarse le dejó algunos papeles a su mujer que delataban a su Jefe, demostrando que era un corrupto y en la posdata dejó escrito "entregar al Clan de los Cachanes". Jaime pensó que era una oportunidad de seguir el legado de su padre. Entre sus hermanos y él fueron averiguando todo lo que pudieron sobre ese maldito capullo. Por supuesto su hermano Claudio, el periodista, sacó todos los descubrimientos a la luz pública en su periódico. Eso era el legado de su padre, lo que hacían sus hermanos y él, cuando tenían oportunidad.

A partir de ese momento, había gente que les pedía su ayuda. Ellos analizaban el caso y, siempre que podían, ayudaban a descubrir al corrupto. En este país, incluso ahora, seguía habiendo mucho patriota, mejor llamado político, que solo busca su beneficio, aunque fuera a costa de los demás. En eso no ha cambiado mucho desde la época de su padre, solo las siglas de los partidos. Jacinto Cachán intentaba descubrirlos antes y ellos ahora, pero le aseguró que había venganzas mucho mejores que cortar dedos, eso era una estupidez. La cárcel, la humillación pública y la ruina eran mucho mejor.

—Estoy de acuerdo con usted —dijo Compadre—, por lo menos en lo de la estupidez. Entonces... ¿tiene alguna idea de por qué alguien quisiera seguir los pasos o los métodos iniciales de su padre?

—Puede que por hacernos daño. Nunca le voy a reconocer que mi padre cortó dedos, pero si así fuera... ¿No ha pensado que con esa forma de actuar los primeros sospechosos somos nosotros? Muchos políticos no están de acuerdo con lo que hacemos. No caemos bien a mucha gente, sobre todo a los que tienen algo que ocultar. Le puedo asegurar que el caso del concejal de urbanismo no es el único que hemos descubierto. Algunos de los que salen en la prensa últimamente llevan detrás el sello de la familia Cachán. Yo soy el primero que no quiero un cortadedos en la familia, mi padre nunca lo aprobaría, y encima podría enturbiar lo que realmente hacemos. La gente aprovecharía las circunstancias para intentar acabar con nosotros.

—Muy bien, si averigua algo espero que estemos en contacto. Le dejo mi teléfono —Compadre le dio una de sus tarjetas.

—Eso espero yo también. Yo le prometo hacer averiguaciones. Me gustaría que usted me prometiera no ensuciar el apellido de los Cachanes, por lo menos hasta que no se sepa algo concluyente que nos relacione con el caso.

—Por mi parte de acuerdo, pero ya sabe cómo es la prensa, si se entera de algo de esto, no le puedo asegurar nada.

—No se preocupe por los periodistas, de eso me encargo yo.

—Por cierto, antes de irnos, ¿imagino que sabrá dónde estuvo el martes y el miércoles pasado entre las seis y las ocho y media de la tarde?

—A esas horas siempre estoy en mi despacho con algún cliente o preparando algún caso. Salgo siempre del despacho sobre las nueve de la noche, mi secretaria se lo puede confirmar. Le indicaré que le enseñe mi agenda.

Se despidieron con otro apretón de manos. Una vez llegaron a la calle, Clara no se contuvo más.

—¡Joder, Compadre! Parecía que éramos nosotros los malos. Hasta me cae bien ese tío.

—Creo que en esa reunión no había malos ni buenos, solo sospechosos y policías.

—¿Nos vamos a casa o a Comisaría? —preguntó Clara.

—A casa, pero primero llamaré a Javi y a Matilla, a ver si tienen alguna noticia. También quiero llamar al Jefe Lorenzo, me gustaría que una patrulla siguiera al abogado. Quiero saber cuáles van a ser sus movimientos después de saber que son sospechosos. Pero... Tomemos una caña mientras hago las llamadas.

Javi habló con la hermana política, una mujer de unos 45 años, todavía atractiva y bien vestida, incluso le invitó a una cerveza como si se tratara de una entrevista, o quizás por el tirón de Javi con las mujeres. Igualmente negó lo del padre cortadedos, pero no negó que ella también se dedicaba a justiciera junto con sus hermanos, pero siempre de forma legal. Parecía que estaban todos orgullosos de su padre y de la familia. La gente que descubría algo sucio de algún político recurría a los Cachanes y ellos se encargaban del resto. Era lo que hacía Jacinto Cachán pero actualizado a los nuevos tiempos. El martes y el miércoles entre las seis y las ocho y media de la tarde tenía coartada. El martes reunión con entrenadores deportivos de los colegios, el miércoles reunión en la sede del partido. Muchos testigos, no había duda, ella no pudo cortar los dedos.

Al despedirse, la hermana coqueteó con Javi diciéndole que estaba a su servicio cuando él quisiera. Javi le tomó la palabra y le contestó que pronto volverían a verse, había sido un placer.

Matilla por su parte habló de nuevo con Antonio y Belén. Lo mismo de siempre, quizás alguna rencilla por el trabajo o con algún vecino, pero nada que pudiera llevar a semejante venganza. Compadre le mandó escribir el informe del día para el Jefe Lorenzo antes de irse a casa. Ese fin de semana iban a descansar.

—¿Jefe Lorenzo?, soy Compadre.

—¡Ya sé quién eres, joder! Tengo tu móvil en la agenda. Dime que ya tienes algo.

—Bueno, tenemos una pista bastante fiable, pero necesito una patrulla que haga un seguimiento durante el fin de semana.

—¿A quién coño quieres seguir? ¡Y encima en fin de semana!

—A un abogado. Cuando le entregue Matilla el informe, lo entenderá.

—Ya sabes que los fines de semana son complicados: fiestas, borracheras, peleas, policías que quieren descansar. Pero está bien, cuenta con ella. ¿Dónde quieres que la envíe?

—Que vayan a mi despacho, en cinco minutos estoy allí. Me gustaría decirles yo mismo el trabajo de seguimiento que tienen que hacer.

—Bien. Voy a ver a quién puedo joder el fin de semana en tu nombre y te los mando.

—Cariño, estoy cansada —le susurro Clara a Compadre—. Llevamos varios días sin parar. Mañana es sábado y empieza el fin de semana. ¿No podríamos hacer algo especial?

—Para mí estar contigo ya es especial. Llevamos pocos días juntos, pero tengo la sensación de no poder separarme de ti. Es como si te conociera de toda la vida, más bien como si hubiera estado buscándote toda mi vida, hasta hoy.

—Inspector, cuando quieres sabes decir cosas bonitas a las mujeres…

No se besaron, estaban en la calle.

—De todas formas, ¿qué te parece ir mañana a Asturias? Conozco un hotel muy romántico junto a la playa. Podemos quedarnos hasta el domingo.

—¡Estupendo! Sería maravilloso. Me gustaría hacerte olvidar el apellido Cachán, aunque solo sea por dos días.

—Cuenta con ello, pero antes pasemos por Comisaría, quiero hablar con las patrullas de seguimiento para decirles en persona a quién y cómo seguir durante nuestra ausencia. Un último trabajito y tendremos todo el fin de semana para nosotros solos.

Compadre habló con los agentes de seguimiento. Quería que fueran muy discretos, no podían enterarse ni el abogado ni la política que estaban siendo vigilados, no quería problemas. Al fin y al cabo tenían coartada y no eran sospechosos oficialmente. Quería saber sobre todo con quién hablaban, fotos de todas las personas con las que se encontraran. Si sabían algo era muy probable que hablaran con el Cachán cortadedos. El lunes investigarían a todas las personas con las que hubieran estado el fin de semana. Matilla llevaría las fotos a Belén y Antonio a ver si reconocían a alguien.

Se fueron a casa, hicieron el amor y Compadre reservó por internet un hotel rural en la Concha de Artedo, cerca de Cudillero. El hotel estaba enfrente de la playa. Oirían las olas mientras hacían el amor. Si hacia sol quizás se bañaran, si no, comerían una paella y beberían sidra.

9

Llegaron a la Concha de Artedo por la mañana, no había casi nadie en la playa a pesar de que el sol brillaba y la mar estaba en calma. Tuvieron que dejar el coche al final de un camino de madera que bordeaba la playa. Lo recorrieron andando con las maletas hasta el otro extremo. Al final del camino había un pequeño hotel en frente de la playa, bastante viejo y con las paredes pintadas. "Casa Miguel, Habitaciones Mirando al Mar", decía un letrero grande pintado en una pizarra con tiza.

—Cariño, qué bonito. Una playa de piedras rodeada de montañas verdes. ¡Qué romántico! ¿Es aquí a donde traes tus conquistas? —le preguntó Clara irónicamente.

—No, solo vengo aquí cuando quiero olvidarme del trabajo —le soltó Compadre. Sabía que no la iba a convencer—. Pidamos las habitaciones y pongámonos el traje de baño. Hace sol y un baño en la playa nos sentará estupendamente después del viaje.

—¡El primero del verano y el primero juntos! —exclamó Clara con satisfacción— Encima estamos prácticamente solos.

—Clara, te aviso que el agua aquí está bastante fría.

—Da igual, me abrazaré a ti para que me des calor.

Subieron a la habitación y justo cuando ya tenían puesto el bañador, sonó el teléfono de Compadre. Era el Jefe Lorenzo.

—Compadre, malas noticias.

—Cuéntame.

Habían encontrado otro dedo detrás del puñetero Grial. Lorenzo no quiso llamarle hasta que apareciera alguien con el dedo cortado en el hospital o en alguna clínica. Esta vez no tenían al dueño del dedo, por lo menos de momento. Pero era raro, el dedo lo encontraron como siempre, a primera hora de la mañana, era casi mediodía y no aparecía el dueño. No era normal.

—¿Los agentes de seguimiento estaban con el abogado? —preguntó Compadre.

—Sí, es imposible que fuera algún Cachán, estaban todos en León. Oye, por cierto, ¿sabes que esos Cachanes son muy influyentes? La verdad es que la historia es bastante buena, pero podemos meternos en complicaciones.

—Jefe, mi instinto me dice que la persona que buscamos lleva el apellido Cachán. Puede que no sea un familiar directo pero hay muchas probabilidades de que esté relacionado con esa familia.

—Está bien. No quiero joderte el fin de semana, pero si aparece el dueño del dedo te avisaré y tendrás que hacerle una visita. Quiero saber qué coño tienen esos tres en común y si existe alguna relación con los Cachanes. Aprovecha el fin de semana, el lunes te quiero a primera hora en Comisaría. Este caso ya empieza a tener dimensiones que no me gustan nada. La prensa seguro que ya está al tanto. No tardarán en darme el coñazo.

—Ok, Jefe. No se olvide de llamarme cuando aparezca el dueño del dedo. Un saludo —Colgó el teléfono.

—Cariño, el plan era olvidarnos de los Cachanes. Pues empezamos bien... —le recriminó Clara.

—Si quieres ser policía tendrás que acostumbrarte a estas cosas. Pero olvidémonos ahora, la playa nos espera.

Se bañaron en el mar. Efectivamente el agua estaba fría y a pesar de los abrazos de Compadre no duraron mucho dentro. Al salir tomaron el sol lo suficiente como para secarse y subieron a la terraza del bar del hotel a tomar una botella de sidra mirando al mar.

—Esto es precioso —dijo Clara mientras cogía de la mano a Compadre.

—La verdad es que sí, y contigo al lado todavía lo es aún más.

—¿Qué pescados tendrán hoy para comer?

—Ahora le preguntamos al camarero.

Lubina y rape negro. El camarero les contó que había sido pescado ese día por pescadores con arpones en la zona rocosa de la misma playa. Reservaron dos rapes para comer sobre las tres de la tarde, a ser posible en una mesa mirando al mar. Mientras llegaba la hora de la comida dieron un paseo por un sendero a la vera del río que desembocaba en la playa. Iban agarrados de la mano y dándose besos cada poco, nadie diría que se habían conocido hacía menos de una semana. El caso cortadedos lo habían olvidado por completo, solo pensaban en ellos dos. Jugaban el uno con el otro y de vez en cuando, Clara se subía de un salto a la cintura de Compadre como una niña pequeña. Le besaba en los labios y en la cara mientras le rodeaba el cuello con sus brazos. Compadre no aguantaba mucho tiempo el peso, pero no quería que se bajase de él, le gustaba tenerla entre sus brazos, se sentía más joven.

Comieron el rape con dos botellas de sidra en la terraza del hotel. El alcohol ya empezaba hacer efecto y decidieron subir a la habitación a dormir la siesta. Dejaron abierta la única ventana e hicieron el amor con la brisa del mar rozando sus cuerpos desnudos, las olas sonaban de fondo. Se quedaron dormidos. Abrazados.

El sonido del teléfono les despertó. Era de nuevo el Jefe Lorenzo. Probablemente les iba a dar el fin de semana.

—Compadre, ya tenemos al posible dueño del dedo.

—¿Dónde se había metido?

—En Valencia.

—¿He oído bien, Jefe? ¡¿En Valencia?!

El Comisario Jefe de Valencia le había hecho una llamada. Tenía un hombre con un dedo cortado de la misma forma que los que habían aparecido en León, con nota incluida. Buscando algo parecido encontró la investigación que estaban haciendo en León y decidió llamarle. No sabía mucho más del caso, pero creía que su hombre podría ser el dueño del último dedo que habían encontrado. Pidió las huellas dactilares del dedo y, efectivamente, ese dedo viajó desde Valencia a León.

—No me extraña que tardara tanto en aparecer el dueño —le dijo Compadre con asombro.

—Mañana es domingo, me voy con mis hijos y mi mujer al campo, pero el lunes os quiero a todos aquí a primera hora. Creo que vas a tener que hacer un viaje a la ciudad de las fallas. Me voy a mi casa, yo también necesito descansar, hablamos el lunes.

—Muy bien, Jefe, el lunes hablamos. Una cosa... me gustaría tener el informe de las patrullas de seguimiento en mi despacho al llegar. ¿Puede ser?

—Ahora mismo les aviso. ¿Algo más?

—Sí. ¿Analizaron las huellas del paquete y de la nota?

—Sí, en el último dedo no hay huellas de nadie. No tocaron el paquete, ni la limpiadora ni el director, al parecer tú mismo se lo dijiste. Los policías al recogerlo tampoco. Conclusión, ninguna huella.

—Está bien, Jefe, que tenga un buen fin de semana.

Compadre colgó el teléfono móvil y se dio la vuelta en la cama. Abrazó a Clara.

—¿Te apetece ir el lunes a Valencia? —le susurró.

—¿Y eso?

—El cortadedos parece que hizo un trabajito fuera de León.

—Por mí encantada, pero... ¿me dejará ir Lorenzo contigo?

—Eres mi ayudante y tienes mucho que aprender. No resultará nada raro.

—Vale. Pero cariño, olvidémonos de eso, está anocheciendo y la siesta duró demasiado. Vamos a vestirnos y llévame a un sitio bonito.

Se vistieron de forma veraniega pero elegante. Compadre llevaba a Clara a Cudillero, un pueblo cercano. Iban a dar un paseo por el puerto y después a cenar marisco en una de las muchas terrazas de la plaza.

Clara llevaba un vestido rojo ajustado que le marcaba la cintura y las caderas y que, junto con unos zapatos de tacón, le estilizaba aún más su figura. Parecía la mujer más preciosa del mundo, por lo menos para Compadre. Hacía frío y se puso una chaqueta de punto. Se sentaron en una terraza y tomaron una botella de sidra con unos bígaros de aperitivo. A Compadre le gustaba mucho la sidra, estuvo varios años destinado en Gijón. Clara no la había probado nunca, pero también le gustaba. Cuando acabaron la sidra fueron al restaurante a cenar y Clara dejó que pidiera Compadre. Un centollo del cantábrico y una andarica para cada uno fue lo único que pidieron, no tenían demasiada hambre. De postre tomaron la sugerencia del camarero, arroz con leche. Fue un acierto, estaba dulce y delicioso. Después del postre pidieron un café y dos chupitos de orujo de hierbas. Se levantaron pronto de la mesa, la noche era agradable pero hacia un poco de aire. De todas formas, tenían ganas de llegar al hotel para acostarse juntos y escuchar las olas del mar, no podían desperdiciar la noche en ese fantástico hotelito...

Al llegar al hotel se tumbaron en la cama y Compadre no pudo resistir la tentación de meter su mano por debajo del vestido hasta que llegó a los glúteos de Clara. Ella se desnudo rápido, Compadre la besó por todo el cuerpo, se quitó la ropa y le hizo el amor, esta vez con la ventana cerrada. Al acabar, Clara acercó su boca al oído de Compadre y le susurró.... te quiero.

Al día siguiente bajaron a desayunar mirando al mar: zumo de naranja, un café con leche y un bollo de chocolate para cada uno. Subieron de nuevo a la habitación para hacer las maletas, tenían que abandonar la habitación a las doce. Fueron en bañador hasta el coche para dejar las maletas y se fueron a la playa a tomar el sol. Volvieron a comer al restaurante del hotel, esta vez lubina fresca. Al acabar se cambiaron de ropa y se subieron al coche dirección León.

—Ha sido el fin de semana más maravilloso de mi vida —le dijo Clara—. Ayer no sé si me oíste, pero te dije "te quiero". No mentía.

—Clara, yo también creo que te quiero, pero... tengo miedo. Todo va demasiado rápido.

—¿Miedo? ¿A qué?

—No sé, eres muy joven, quizás te canses de todo esto muy pronto y, la verdad, no me gustaría sufrir.

—Soy lo suficiente mayor para saber lo que siento. Siempre imaginé estar con alguien como tú, no necesito más. No me gusta que vivas esta relación con miedo. Te aseguro que me tienes loquita. ¿No se nota?

—Quizás tengas razón, será mejor que nos dejemos llevar y disfrutemos del momento. ¿Sabes una cosa?

—Dime.

—Yo también te quiero.

Llegaron a León ya de noche. Clara fue a su apartamento a coger el cepillo de dientes y ropa para el día siguiente. No querían separarse, iban a dormir juntos de nuevo en el apartamento de Compadre. Compadre subió a su apartamento y deshizo las maletas. Por un momento, cuando estaba solo, recordó a Laura, su profesora de inglés. Recordó que hasta ese momento el fin de semana con Laura era el mejor de su vida, y ahora ya no, el fin de semana que había pasado con Clara resultó mucho mejor. Nunca pensó que volvería a pasarle lo mismo. ¿Se había enamorado? En aquella ocasión con Laura, no había tenido miedo durante el fin de semana, al final le abandonó. En esta ocasión Clara quería que no tuviera miedo, pero no podía remediarlo, la diferencia de edad podía traer consecuencias. La otra vez, las tuvo.

Esta vez Clara y Compadre llegaron juntos a Comisaría. Matilla y Javi ya estaban en el despacho de Compadre. El informe de la patrulla de seguimiento estaba encima de la mesa. Compadre saludó y dio los buenos días. Leyó el informe sin dirigir una palabra. Adjunto al informe, tal y como él había pedido, había unas fotos.

—Bien, ya sabéis lo de Valencia, ¿no?

—Sí, Jefe. Al llegar nos lo contó Lorenzo —respondió Javi.

—Hay dos posibilidades. Una, el cortadedos se desplazó a Valencia. Dos, el cortadedos actuó en Valencia a través de otra persona. En el primer caso, los Cachanes no tendrían nada que ver, estaban en León. En el segundo todavía serían sospechosos. De todas formas, alguien tuvo que traer el dedo hasta León.

—También podría ser que se desplazara a Valencia un Cachán que no fuese de la familia directa —replicó Javi—. Un primo, un sobrino o cualquier otro familiar.

—Podría ser —contestó Compadre—. Por eso los Cachanes siguen siendo nuestros principales sospechosos y la principal vía por la que seguiremos la investigación.

—Pero deberíamos tener en cuenta otras posibilidades —dijo Matilla.

—De momento no, seguiremos con los Cachanes. Si no sacamos nada en claro en los próximos días, ya veremos. He leído el informe de la patrulla de seguimiento. Todo normal, el domingo se reunió la familia para comer juntos. Puede que sea algo normal o puede que tuvieran algo que contarse después de nuestra visita, quizás quisieran saber cómo fue el trabajito en Valencia, no lo sabemos. También cabe la posibilidad de que solo fuera una comida familiar sin más. Tenemos fotos de todos. ¿Antonio y Belén siguen ingresados? —preguntó a Matilla.

—Antonio ya está en casa y a Belén creo que le daban el alta hoy.

—Haz copias de las fotos y se las llevas. Quiero saber si conocen a algún miembro del Clan.

—Ok.

—Tú, Javi, hoy vas hablar con el hermano periodista, ese tal Claudio Cachán. Si tenemos suerte, puede que algún hermano no esté de acuerdo con las actividades de la familia y nos pueda ayudar. De todas formas pregúntale más o menos lo mismo que a su hermana la política, quiero saber si han cambiado las respuestas después de la reunión familiar. Por supuesto, pregúntale si su periódico está investigando el caso. Según su hermano, el abogado, tiene controlada a la prensa. Veamos si es verdad.

—Muy bien, intentaré averiguar algo.

—Según el Jefe Lorenzo, Clara y yo viajaremos a Valencia hoy mismo, tenemos que hablar con la persona a la que le cortaron el dedo. Intentaremos averiguar si es un caso aislado. Puede que solo quieran despistarnos y alejarnos de los Cachanes. El dedo encontrado aquí es de la persona de Valencia, pero todo resulta un poco raro.

Con poco tiempo para hacer la maleta, Compadre y Clara fueron a la estación. El tren llegó puntual a Valencia. Fueron directos a la Comisaría que les mando Lorenzo y preguntaron por el Comisario Jefe. Un policía les acompañó hasta su despacho.

—Buenos días, el Inspector Compadre y la agente García, supongo...

—Supone bien, señor Comisario.

—¿Qué tal el viaje?

—Bien, muy cómodo. Con ganas de empezar a trabajar —contestó Compadre.

—Muy bien, pues no perdamos más tiempo. ¿En qué puedo ayudarles?

—Nos gustaría ir a ver a la víctima. ¿Está ingresada?

—Nos acaban de llamar para comunicarnos que se iba a su casa. Tengo aquí apuntada su dirección. Avisaré a un agente para que les acompañe en un coche patrulla.

Una mujer policía les condujo en un coche patrulla hasta la vivienda de Eloy Ochoa, que así se llamaba la última víctima del caso cortadedos. La policía les esperó en la calle. Clara y Compadre subieron al piso del hombre. Él mismo les abrió la puerta.

—Buenos días. Soy el Inspector Compadre y ella mi ayudante, Clara García, ¿podemos pasar?

Eloy Ochoa les pasó al comedor de la vivienda, una vivienda modesta, nada de lujos, más bien parecía un piso de estudiantes, con muchos libros. Clara se fijo en la mano derecha, estaba vendada y se le notaba la falta del dedo índice.

—Mire... —comenzó Compadre— Ya nos contaron cómo fue lo de su dedo. En León ha sucedido lo mismo a otras dos personas. Los tres dedos aparecieron en el museo de San Isidoro de León. ¿Lo conoce?

—El museo no, pero la iglesia sí. Señor Inspector... creo que nadie le ha contado que yo soy de León.

—¿Es de León?

—Sí, ¿quiere ver mi carnet de identidad? —respondió Eloy con una sonrisa.

—No, no hace falta. ¡Joder! a veces somos lo últimos en enterarnos. ¿Cuánto tiempo lleva en Valencia?

—Solo llevo unos meses, no llega al año.

Eloy llevaba en Valencia este curso escolar. Era profesor de educación secundaria. El año pasado se presentó a las oposiciones en Valencia, en León no salió ninguna plaza de su materia, Tecnología. En Valencia se convocaron varias plazas y, por suerte, había aprobado y empezado a trabajar en septiembre del año pasado, coincidiendo con el inicio del curso escolar. Estos últimos días ya estaba pensando en las vacaciones para irse a León.

—¿Quién puede ser tan cabrón de hacer estas cosas? —preguntó el profesor.

—Estamos intentando averiguarlo —le contestó Compadre—. Mire, le voy a enseñar unas fotos y me gustaría que me dijera si reconoce a alguien.

Clara le fue poniendo una a una las fotos del clan de los Cachanes sobre la mesa baja que había en el centro del salón. A la política la conocía, resulta que era afiliado al Partido Popular, pero no conocía a nadie más.

—Bien —dijo Compadre—. ¿Recuerda tener algún enemigo en los últimos tiempos?

—Alguno de mis alumnos —contestó sonriendo—, y todos los opositores... Es broma, la verdad es que no. Aquí conozco a muy poca gente, prácticamente solo me relaciono con mis compañeros del instituto.

—¿Y en León?

—En León puedo hablarle de mis amigos, les echo mucho de menos, pero... ¿enemigos? Que yo sepa no. No me gusta meterme en problemas.

—¿Le suenan de algo los nombres de Antonio Lara y Belén Alonso?

—Pues no, la verdad. ¿Quiénes son?

—Son las otras personas a las que les cortaron el dedo índice, igual que a usted.

—No recuerdo esos nombres, pero estarán igual de jodidos que yo. Es una sensación de impotencia terrible, amputado para toda la vida sin saber por qué y sin poder hacer nada. ¡Joder! —Se llevó las manos a la cara.

—Tranquilo, Eloy —le dijo Clara compasiva—. Le prometo que lo encontraremos. No podrá recuperar su dedo, pero por lo menos tendrá algunas respuestas.

—Gracias, pero ahora mismo me sirve de poco consuelo, la verdad.

—Le dejo mi tarjeta. Estaremos en Valencia hasta mañana por la mañana. Si recuerda algo que nos pueda ayudar, no dude en llamarnos.

—Muy bien, les agradezco su visita, siempre es agradable ver a gente de León.

La agente de policía les esperaba en el coche patrulla. Compadre le pidió que les llevara de nuevo a Comisaría.

—¿Y ahora qué hacemos? —preguntó Clara.

—Podríamos ir a las estaciones de autobuses y de trenes e intentar averiguar los nombres de los viajeros procedentes de León el viernes, pero sería inútil, para sacar un billete no te piden el DNI y de todas formas se pudo desplazar en coche. Lo único que podemos hacer es ir a Comisaría e intentar averiguar si hay algún Cachán por Valencia.

El Comisario Jefe les proporcionó un pequeño despacho con un ordenador conectado a la base de datos de la policía. No encontraron ningún Cachán empadronado en Valencia. Buscaron si Antonio y Belén tenían algún familiar por la zona y nada, todo eran resultados negativos. Cuando se iban a ir a comer sonó el teléfono de Compadre.

—¿Inspector Compadre?

—Sí, soy yo. ¿Quién me llama?

—Soy Jaime Cachán, el abogado que visitó el otro día.

—Dígame, Jaime, ¿tiene alguna noticia nueva?

—Este fin de semana nos reunimos la familia para comer y hablamos del tema de los cortadedos. Quería saber si alguno sabía algo, tal y como le prometí. Mi hermano Claudio, el periodista, me comentó que estaba al tanto del caso y se dio cuenta de un detalle muy importante que creo que le va a gustar.

—Soy todo oídos.

—Resulta que hay un Cachán que puede tener algo que ver con el caso. No es un descendiente directo de mi padre, exactamente es un hijo de mi tía, un primo nuestro. Se llama Tomás Cañizo Cachán.

—¡¿El director del museo es un Cachán?! —gritó Compadre sorprendido por la noticia.

—Sí, pero de segundo apellido. El problema es que es imposible que él sea el cortadedos. Si resulta que como me contó usted mismo, entre las seis y las ocho y media tuvo que actuar, mi primo a esas horas está siempre en el museo. Imagino que eso es una buena coartada.

—Muchas gracias por la información Don Jaime.

—Por favor, Jaime... a secas. Espero que le sirva de algo. Ya ve que estamos en el mismo bando, espero que me avise si hay algo nuevo relacionado con mi familia, se lo agradecería. Si mi primo está metido en esto me gustaría saberlo.

—No se preocupe. Quiero pedirle un favor, Jaime. No le diga nada a su primo de todo esto. De momento, prefiero que no se entere. Es mejor que no esté sobre aviso antes de que lleguemos a León, ahora mismo me encuentro en Valencia.

—Tranquilo, Inspector. El domingo avisé a mi familia de que no se hablara nada de esto con nadie.

—Muy bien, gracias de nuevo —Colgó el teléfono.

—Clara, nos vamos a León. ¿Sabes cómo se apellida de segundo el director del museo? ¡Cachán!

—¡Qué fuerte! ¿Y ahora?

—Vamos a ser la sombra de ese Tomás. Creo que él no es el cortadedos, pero seguro que tiene mucho que ver. Quiero llamar a Matilla y que revise las cámaras de seguridad. Si es él quien deja los dedos detrás del Grial, algo tendrá que verse.

—Puede que esa parte esté cortada. Recuerda que es el mismo el que nos da las copias de seguridad. Tiene tiempo antes de que llegue la policía de cortar el principio del vídeo, la parte donde se vería cómo deja el dedo.

—Por eso voy a ponerle vigilancia. Si aparece un nuevo dedo quiero que no tarde ni un minuto en estar allí la policía. De todas formas también quiero saber si lleva guantes a primera hora de la mañana, estamos en verano. Tendremos que avisar a la empresa de limpieza. Vamos a meter a una limpiadora policía en el museo.

—Pero, Jefe... ¿Nos vamos a ir sin ver la playa de Valencia?

—Bueno, cariño... tenemos tiempo hasta mañana por la mañana. ¿Te apetece una paella para cenar?

Cenaron una paella valenciana en el restaurante L'Estimat en la zona de Neptuno. Desde la mesa tenían una preciosa vista nocturna a la playa de las Arenas. Se fueron pronto a casa, al día siguiente tenían que madrugar para regresar a León, pero Clara pudo ver la playa.

10

Llegaron a León sobre la una del mediodía. Fueron directos a Comisaría. No querían ni podían perder el tiempo. Matilla y Javi les esperaban en el despacho de Compadre.

—Bueno, chicos —dijo Compadre—, tenemos sospechoso oficial.

—¿¡Quién iba a imaginar que ese cabrón estaría metido en el ajo!? —exclamó Javi.

—La verdad es que Compadre veía algo raro en él —dijo Clara mostrando su admiración.

—Algo sospechaba, pero desde luego no que era un Cachán. Como ya sabéis hay una patrulla de paisano apostada en la puerta del museo las 24 horas del día. También el Jefe Lorenzo ha logrado meter de incógnito en la empresa de la limpieza a una agente. La va a tocar esta semana limpiar el museo. Los agentes que vigilan el museo tienen la orden de seguir a ese Tomás a cualquier sitio, serán su sombra. Es muy probable que no sea el cortadedos, pero creo que es él quien deja los dedos en el museo. Si le pillamos no le quedará otro remedio más que hablar y delatarle. Puede que estemos muy cerca de resolver el caso.

Compadre le preguntó a Javi por el hermano periodista, y al parecer era un buen tipo. Le contó lo mismo que los otros Cachanes. Cuando llegó para verse con él no le pareció extraño, le esperaba. Su hermano les había contado la visita de Compadre el domingo durante la comida familiar. Les dijo que deberían ser discretos, por lo menos hasta que todo el caso se aclarase.

El director del periódico, por suerte, le había encargado a él la noticia de los dedos cortados. Todo lo que había presentado al director sobre el caso eran conjeturas muy vagas, nada en concreto. Eso le permitía, por lo menos durante un tiempo, mantener alejado del caso el apellido familiar. El problema era que cuando aparecía un nuevo dedo, el director le presionaba cada vez más para obtener información más concreta, el caso empezaba a tener pinta de ser sensacionalista y muy bueno para la prensa, pero de momento no saldría nada publicado.

—No me gustaría que nuestro Tomás se sintiera acorralado y se asustase antes de que nos guiase hasta el cortadedos. Por cierto, ¿habéis vuelto a visionar el DVD de seguridad del museo? —preguntó Compadre.

—Sí, Jefe —contestó Matilla—. El problema es que no se ve nada raro. El tío tampoco lleva guantes. Con los dos primeros dedos no los necesitaba, él mismo entregó el paquete, pero desde luego para el tercero sí.

—¿Qué imágenes se ven al principio?

—El vídeo empieza casi en el momento en que la limpiadora encuentra el dedo.

—¡Ahí lo tenemos! Según el director, la cámara está encendida toda la noche enfocando la puerta del museo. Está claro que cuando él llega al museo, se le tiene que ver.

—Eso sí se ve, Jefe. Lo siento.

—¿Entonces qué coño se ve?

Matilla explicó que el director entraba acompañado de la mujer de la limpieza al abrir el museo. La limpiadora se supone que iba a la zona de servicios a cambiarse y el director a su despacho. Las entradas en el despacho y en los aseos no se llegaban a ver, la cámara nocturna no cubría esas zonas. Se vuelve a ver a la limpiadora cuando empiezan las grabaciones de las cámaras.

—Ese Tomás puede entrar a su despacho con el paquete y limpiar allí sus huellas —explicó Compadre—. Luego puede ir a dejarlo detrás del Grial, la limpiadora se está cambiando y no lo ve. La única cámara activa tampoco cubre la zona del Grial ni la de su despacho. Vuelve al despacho, activa todas las cámaras y... objetivo cumplido. Javi, quiero que vayas al museo y le pidas las grabaciones de ayer. Después cronometraremos el tiempo que tarde en activar las cámaras un día en el que ha aparecido un dedo y lo compararemos con los de ayer, que no hubo dedo cortado. Si hay una gran diferencia, ya tenemos un indicio.

—¿Y las huellas dactilares? —Preguntó Clara— En el primer y segundo dedo sí que aparecen sus huellas, normal, pues lo entregó él mismo a la policía, pero en el tercero no hay ninguna huella. Cuando avisaron a la policía, no habían tocado nada. ¿Cómo puede ser que no tenga huellas del director si no llevaba guantes?

—Es muy sencillo. Después de limpiar las huellas en su despacho, solo tiene que llevarlo hasta el Grial sujeto con un simple pañuelo.

—¿Y por qué no las limpió con los dos primeros dedos?

—No le hacía falta. Sabía que la limpiadora le avisaría nada más encontrarlo. Si lo cogía ya estarían sus huellas plasmadas antes de entregarlo.

—Tienes razón —respondió Clara—, tengo mucho que aprender.

—Estás en buenas manos, solo te hace falta tiempo. Bueno, Javi, al museo.

—¿Qué excusa le pongo para pedirle las grabaciones de ayer? Le va aparecer un poco raro, son grabaciones de un día normal.

—Da igual, cualquier excusa vale, no puede negarse a dártelas. Seguro que te inventas alguna buena. Tú, Matilla, averigua qué actividades tiene Tomás Cañizo Cachán y con qué gente se relaciona. Puede que entre ellos esté nuestro amigo. Solo nos queda un Cachán directo por hablar con él, el policía. Yo mismo hablaré con él, soy de rango superior y eso puede que le haga contarnos algo más. ¿Dónde está destinado exactamente?

—Está en esta misma Comisaría, en la oficina de denuncias —comentó Javi.

—Bien, que venga a mi despacho. De todas formas esa familia tiene poco que ocultar, hasta ahora nos están ayudando. No creo que saque nada del hermano policía, pero una pequeña charla con él es necesaria. Es el único hermano con el que no hemos hablado.

Clara y Compadre se quedaron en el despacho. Compadre mandó llamar al hermano policía.

—Cariño —dijo Clara—. Hoy viene mi madre a visitarme, llega a las tres de la tarde a León. Es profesora y está de vacaciones. Creo que no podremos dormir juntos durante unos días.

—Vaya, te echaré de menos.

—Le he dicho que tengo mucho trabajo, pero al final casi fue peor. ¡Resulta que ahora se piensa que la necesito para echarme una mano! Espero que solo sea por dos o tres días. Tiene muchas vacaciones, mucho tiempo libre y ya sabes... soy su niña.

—Pensé que ahora eras la mía —Compadre le dirigió una sonrisa.

—Por supuesto, bobo, pero tendré que compartiros. ¿Por qué no te vienes a cenar hoy con nosotras?

—La verdad... no me importaría, pero... ¿No es demasiado pronto para que me presentes a tu madre? Acabamos de conocernos. ¿Ya le has hablado de lo nuestro?

—No, pensaba decírselo hoy mientras comía con ella. No te preocupes, mi madre es muy moderna, no te vas a sentir mal con ella, es muy maja. Me encantaría que la conocieras, por favor...

—Vale, está bien —Compadre no pudo negarse—. Pero prefiero que sepa que tengo unos cuantos años más que tú, no me gustaría que se llevara una sorpresa al conocerme.

—No te preocupes se lo contaré antes de la cena. Pero no creo que se dé ni cuenta, eres un maduro muy jovencito —bromeó mientras le daba un beso.

Justo cuando Clara estaba dándole el beso llamaron a la puerta. Clara se sentó rápidamente en una silla. El agente Benito Cachán Torres pasó al despacho.

—Buenos días, Inspector.

—Buenos días, agente —contestó Compadre—. Pase y siéntese, por favor. Le presento a Clara, está haciendo las prácticas con mi grupo.

Clara se levantó y le dio un beso en la mejilla. Benito era más joven que su hermano Jaime, pero no cabía la menor duda de que era un Cachán.

—Encantado, Clara.

—Imagino que ya sabrá el motivo de la visita.

—Alguna idea tengo. Mi hermano nos contó este domingo que la familia estaba bajo sospecha.

—Efectivamente, estaba, ahora creo que no. Su hermano está colaborando con nosotros en la investigación.

—Cuente conmigo para lo que sea. Soy Cachán y policía, eso hace que esté a su plena disposición.

—¿Conoce a Tomás Cañizo Cachán?

—Sí, claro, es mi primo. Por lo que me contó mi hermano, puede que tenga algo que ver. Si es así, mi familia será la primera en denunciarlo, se lo aseguro.

—No lo dudo. ¿Usted conoce las actividades o amigos de su primo?

—No tengo mucha relación con él. Coincidimos en alguna boda familiar y poco más. Sé que formó parte del grupo de investigación de la universidad de León para el descubrimiento del Santo Grial, está muy orgulloso de eso. No es una persona muy sociable, no le gusta mucho salir y creo que tiene pocos amigos. Su vida es el museo y sus investigaciones sobre la Historia. Está creando el árbol genealógico de la familia. Casi todos los domingos, solemos comer todos los hermanos en casa de Jaime, mi hermano mayor. Un domingo, hace un año más o menos, se presentó en casa, mi hermano le invitó a comer, quería enseñarnos hasta donde había llegado en el árbol genealógico. La verdad es que tenía bastantes ramas de la familia. Se notaba que había trabajado mucho en ello.

—Entonces es muy probable que supiera la actividad a la que se dedicaba su padre.

—Puede ser. Mi padre nunca negó lo que hacía, aunque como su departamento era secreto tampoco hacía alarde de ello. Mire, Inspector, mis hermanos y yo estamos muy orgullosos de mi padre. Nosotros mismos, como ya sabe, intentamos seguir su huella para esclarecer algunos casos, sobre todo de corrupción. Casi fue una promesa que nos hicimos todos después de su muerte. Le puedo asegurar que nos sentimos muy orgullosos de ello y todo lo que hacemos es absolutamente legal. No se olvide que soy policía, y de los buenos.

—No lo dudo en absoluto, pero tenga cuidado, su trabajo es hacer lo que le pidan. Si uno hace trabajos extras tiene que procurar que sean compatibles. ¿En qué turno trabajó la semana pasada?

—Llevo seis días en el turno de tarde.

Compadre pensó que él no podía ser el cortadedos. Se cortaron por la tarde y él estaba trabajando. No había mucho más que preguntar.

—Mire, solo le pido que no llegue a oídos de su primo todo esto que sabemos. Como su propio hermano dice, estamos en el mismo bando. Si se enterase puede ponerse nervioso y mandar al traste toda la investigación.

—Por mí no se preocupe, como ya le digo, no tengo mucha relación con mi primo, pueden pasar meses sin vernos. Para lo que quiera, cuente conmigo.

—Se lo agradezco, Benito, muchas gracias por todo.

Cuando se retiró Benito Cachán, Clara se volvió a levantar de la silla para ir hasta Compadre.

—Cariño, tenemos a otro orgulloso Cachán. No parece que tenga nada que ocultar.

—Eso parece, pero uno no se puede fiar de nadie. Primero tenemos que tener todo los cabos atados y bien atados. Hasta entonces no me olvidaré de ninguno de los Cachanes, sobre todo de ese Tomás. Investigó el árbol genealógico y probablemente se enterara de la actividad de su tío Jacinto antes de entrar a trabajar con el régimen. Puede que le pareciera buena idea lo de cortar dedos.

—Pero es muy probable que él solo deje los dedos, no que los corte. Tiene coartada, por las tardes trabaja en el museo.

—Sí, pero pudo sugerir a alguien la idea. Quizás no tenga valor para cortar él mismo los dedos y sea otra persona la que se encargue. No sé, tenemos muchas preguntas que resolver, pero creo que no tardaremos demasiado tiempo en descubrirlo.

—Aún son las dos. A las tres tengo que ir a buscar a mi madre a la estación. ¿Tomamos una caña?

—Vamos, creo que la necesito.

Fueron al bar cercano a la Comisaría. Al llegar Tuca estaba leyendo el periódico en la terraza. Se sentaron con él y pidieron tres cervezas.

—¡Cómo viven los abogados! —exclamó Compadre.

—No mejor que los policías —le contestó Tuca—. Bueno... qué tal la parejita de policías, veo que no os separáis. ¿Estás aprendiendo mucho Clara?

—La verdad es que sí. Y, por cierto... tampoco nos separamos para dormir —Clara guiñó un ojo a Compadre—. Te prometimos que serías el primero en saberlo. Promesa cumplida Tuca.

—Vaya, vaya, Compadre. Veo que todavía tienes tirón con las jovencitas.

—Espero que no sea solo una jovencita para él —le contestó Clara mirándole.

—No hagas caso de las tonterías de Tuca, siempre está igual. Ya sabes que para mí eres mucho más que una jovencita encantadora. Aunque no te voy a negar que me gustaría ser también un jovencito, como dice mi querido amigo Tuca.

—Joder, sí que os ha dado fuerte. Pues espero que os vaya muy bien, de verdad. Y tú, Clara, cuidado con este Comisario, a veces es un poco inaguantable.

—De momento le aguanto muy bien.

—Oye, Tuca. Cambiando de tema, ¿conoces a un tal Jaime Cachán? —preguntó Compadre.

—Claro, es un compañero de la justicia. Es un buen tío y muy buen abogado, aunque no tengo mucha relación con él. Su familia ha destapado algunos casos de corrupción. Su hermana es concejal del ayuntamiento, tendrá que estar muy atenta no sea que le pillen a ella en algo turbio —dijo Tuca mientras se reía, no le caían muy bien los de derechas—. ¿Qué pasa, no será un cortadedos?

—No tiene pinta de dedicarse a eso. Es que es una familia muy singular y su padre más aún.

—Creo que la hermana me pegaría más cortando dedos. Tengo entendido que es bastante peleona, aunque está bastante buena...

—Cualquier día Nati te va a mandar a paseo, Tuca, y no solo por esos comentarios.

—Espero que tarde mucho. Por cierto, tendremos que salir a cenar alguna vez juntos, tengo que aprovechar ahora que tienes pareja oficial.

—Me encantaría, Tuca, podemos quedar cuando quieras —le dijo Clara.

—Este fin de semana no estaría mal, podría decirle a Nati que preparare una cenita en casa el sábado. Te gustará cómo cocina. ¿Qué os parece?

—Lo siento pero hoy viene mi madre y se quedará unos días. Probablemente el fin de semana este aquí.

—Bueno, no pasa nada, espero que duréis mucho, en otra ocasión será. Eso sí, avisadme con tiempo, a Nati no le gustan las sorpresas de última hora.

—Cuenta con ello. Cariño, tengo que irme. Ya sabes, mi madre llega en menos de media hora. Bueno, Tuca, un placer volver a verte.

Clara se despidió con unos besos y dejó solos a los dos amigos.

—Oye, Compadre. ¿Te ha llamado Cariño?

—Sí, joder, no te rías. Hemos pasado el fin de semana juntos en Asturias y la verdad que fue fabuloso. Creo que puede ser algo especial.

—Mi Compadrito que se me ha enamorado. Tienes suerte, cabronazo, es una chica encantadora y encima está muy buena.

—No sé si enamorado, pero estoy muy a gusto con ella. ¡Y eso que pasamos 24 horas al día juntos!

—Pues ahora te ha dejado por mamá —Tuca se echo a reír.

—Calla, calla. Hoy viene su madre a pasar unos días y creo que me toca ir a cenar con ella.

—Joder, conociendo a la suegra. Buen comienzo.

—Espero que todo salga bien.

—Oye. ¿Comemos juntos?

—No, no. Ya sé lo que pasa cuando comemos juntos. Chupito, copa y otra copa y al final acabamos a las tantas de la mañana. Tengo cita para cenar y no quiero llegar en mal estado a la primera cita con la madre de Clara.

—Vale, vale. Joder, me haces sentir culpable.

Clara se había ido a la estación a recibir a su madre. Luego juntas se fueron a casa de Clara a dejar las maletas y después a comer el menú del día del bar de abajo.

—Bueno hija, cuéntame. ¿Qué tal el trabajo?

—Maravilloso, mamá.

—¿Maravilloso? Yo nunca definiría así un trabajo. Ya tiene que ser bueno.

—No solo es el trabajo. He conocido a alguien.

—¿Ah, sí? Eso es todavía más interesante. Cuéntame.

Le explicó que estaba saliendo con su Jefe. Estaban trabajando en un caso muy importante que les hacía pasar casi todo el día juntos, y entre unas cosas y otras acabaron enrollándose. Bueno a Clara no le gustaba decir enrollándose, era algo serio, mucho más que un rollo. Llevaban muy poco tiempo pero no le importaría estar con él para siempre, era maravilloso.

—Hija, nunca te había visto así. Me alegro por ti pero... ¿Tu Jefe?

—Sí. Es Inspector de policía. Te aviso que es un poco mayor que yo, pero ya lo conocerás, es súper guapo y no aparenta la edad que tiene.

—¿Cuántos años tiene? Me estás asustando.

—43 años. Pero ya te digo que es maravilloso y aparenta treinta.

—Pues sí que es un poco mayor que tú, cariño. ¿Estás segura de lo que estás haciendo?

—Sí, mamá, diría que es el hombre de mi vida. Ya sé que llevamos poco tiempo, pero nunca había sentido nada igual.

—Bueno, no te precipites, vete poco a poco, eres muy joven todavía.

—¿Te gustaría conocerle?

—Me encantaría. Ya lo sabes.

—Pues esta noche he quedado con él para cenar juntos.

—¡Vaya sorpresa! Y eso casi sin deshacer las maletas. Bueno, tendremos que ponernos guapas.

—Tú siempre estas guapísima mamá.

El caso del cortadedos estaba a la espera de las novedades que pudieran surgir de la vigilancia de Tomás, el director del museo. Podían tomarse unas horas libres en el trabajo.

Compadre reservó en un restaurante cercano al barrio húmedo, pensó que igual podían tomar una copa después de cenar. Llamó a

Clara y quedaron a las diez en el mismo restaurante. Le dijo que la echaba de menos. Clara le respondió lo mismo.

Compadre tardó bastante en vestirse para la cena, estaba nervioso, no quería desilusionar a la madre de Clara. Sabía que la diferencia de edad podía no gustarle. Al final optó por unos vaqueros con una camisa azul claro, elegante pero juvenil. Las esperó en la barra del restaurante, seguía nervioso. Pidió un Ribera del Duero para templar los nervios. A las diez y cinco llegaron Clara y su madre. Compadre se quedó blanco, ya no tenía nervios, solo sentía que las piernas le fallaban, no podía ser, la madre de Clara... ¡Era Laura, su antigua profesora de inglés!

11

Compadre, Laura y Clara se sentaron juntos en la mesa. No podían hacer otra cosa, pero desde luego Compadre y Laura, si pudieran, habrían salido corriendo. La cita empezó con saludos e intercambio de besos en la barra, Clara era la única que parecía emocionada con la cena y con la cita. Compadre volvía a ver a la mujer que le había roto la vida a los 18 años. Laura pensaba todo lo contrario, a ella no le habían roto la vida, pero no quería que se la rompieran a su hija. Se sentaron en la mesa que habían reservado y pidieron los primeros platos.

—Bueno, mamá... ¿he tenido buen gusto, verdad?

Laura ni siquiera contestó, pero Clara pensó que era producto de los nervios. Quería romper el hielo, no sabía que el hielo se había roto hace más de 25 años.

—Como ya te dije, mamá —Clara siguió insistiendo—, Compadre es mi Jefe. Es Inspector de policía y estamos investigando un caso juntos. He tenido mucha suerte, es un caso muy importante, pero a Compadre no le gusta demasiado hablar del trabajo.

—Cariño —dijo Laura—, es normal, un policía tiene que ser discreto. ¿Verdad, señor Compadre? —Laura quiso dar a la conversación un tono de normalidad, no quería que su hija se percatara de que sucedía algo extraño. Miró a Compadre intentando que actuase de la misma forma.

—Sí, sí, por supuesto —Contestó Compadre, no podía creerse la situación que estaba viviendo, no le salían las palabras.

Clara se dio cuenta de que Compadre no tenía conversación. Pensó que era por los nervios de la primera cita con su madre. No quería que Compadre se sintiera incómodo. Tenía que intentar que fluyera la conversación entre ellos.

—Cariño. Mi madre es profesora de inglés. Si alguna vez la Comisaría necesita un intérprete seguro que puede ayudar. No creo que os cobre mucho —dijo sonriendo—. Desde pequeñita, mi madre siempre intentó enseñarme inglés, pero fue una tarea imposible. ¡Odio los idiomas! ¿Te lo puedes creer? Una madre profesora de inglés y yo... ni idea.

—Yo en el instituto sacaba buenas notas en inglés —soltó Compadre mirando a Laura—, pero ahora se me ha olvidado todo. Tuve una profesora muy buena, sabía motivar a los alumnos. El problema es que después de hacernos pensar que era la mejor profesora del mundo, de repente un día desapareció y no volvió más. Recuerdo que fue un sentimiento de frustración muy grande. A partir de entonces dejó de importarme el inglés.

—Cariño, cualquiera que te oiga pensaría que estuviste enamorado de tu profesora —dijo Clara sonriendo—. Bueno creo que eso nos pasó a todos en la adolescencia. Yo estaba locamente enamorada de mi profesor de Ciencias, se llamaba Francisco y nos tenía a todas loquitas. ¿Qué será de él? Seguro que ahora es un viejo remilgado, pero en aquella época nos parecía un Adonis. ¿Y tú, mama? Seguro que a más de un adolescente le volverías loquito —Clara volvió a sonreír—. Es guapísima, ¿verdad, compadre?

—Sí, cariño, no dudo que enamoraría a más de uno. Tu madre es muy guapa, pero era lo esperable conociendo a la hija.

—No me digas que no es adorable, mamá —dijo Clara mientras besaba en la mejilla a Compadre.

—Sí, cariño, es muy adulador —contestó Laura.

—Y dígame... doña Laura.

—Por favor, tutéame. Llámame Laura.

—De acuerdo, Laura. Tuviste que tener muy joven a Clara, parecéis casi hermanas.

—Pues sí. Al poco tiempo de aprobar las oposiciones conocí a mi marido y apareció Clara.

Compadre se dio cuenta de que Laura no tardó mucho en olvidarse de él. En ese momento le dio la sensación de ser un gilipollas, llevaba toda la vida con el recuerdo de Laura, e incluso aún entonces, de vez en cuando todavía se acordaba de ella.

—¿Llevas mucho tiempo dando clases? —preguntó Compadre.

—¡Mamá lleva toda la vida dando clases! Según ella, es su vocación desde pequeña —Clara no dejó contestar a Laura.

—No exageres, llevo dando clases toda tu vida, no la mía. Empecé a dar clases unos años antes de que Clara naciera. Pero es que eres muy joven, cariño, tu vida es demasiado corta. ¿No te parece, señor Compadre?

—Por favor, llámame Compadre. Creo que la juventud depende de cada persona y de las experiencias vividas. Hay gente muy joven en edad pero que viven muchas experiencias. No tienen miedo, la vida pasa por ellas aunque les haga envejecer. Sin embargo, hay gente que por muchas experiencias que les pueda ofrecer la vida, nunca las aprovechan, prefieren vivir sin riesgos, creo que pueden morir muy jóvenes sin tener nada interesante que contarles a sus nietos. Pero si la pregunta es si Clara es joven, la respuesta es sí, Laura. Por lo menos... más que yo.

—¡Mamá, por favor! —A Clara no le gustaba que la conversación fuera por ese camino.

—Disculpa, Compadre, no quería ofenderte y menos hacer enfadar a mi hija.

Cenaron hablando poco, Clara llevaba lo voz cantante, Laura y Compadre seguían alucinando con la situación que estaban viviendo. Ninguno podía creerse que después de más de veinte años sin verse, estuvieran de nuevo juntos cenando y con la hija de Laura de anfitriona. Llegaron los postres y los cafés. Clara pidió dos chupitos de hierbas, uno para ella y otro para Compadre. Laura no quiso. Clara se levantó de la mesa, le dio un beso a Compadre y se excusó para ir al baño. Laura y Compadre se quedaron a solas, era el momento de hablar.

—Compadre, ¡¿Qué coño estás haciendo?!

—¿Que qué coño estoy haciendo? ¿Crees que yo sabía esto?

—¡Es mi hija! No me puedo creer que no lo supieras. ¿Esto qué es, una especie de venganza o algo así?

—Cuando conocí a Clara no tenía ni idea de que era tu hija. ¿De verdad crees que esto lo tenía planeado? ¡Han pasado más de veinte años desde la última vez que te vi!

—¡Vete a la mierda! Me da igual. Esto tiene que acabar mañana mismo.

—Pero, Laura... ¡Yo quiero a Clara!

—Por favor, Compadre, no me jodas. ¿Crees que es decente lo que haces? Es algo antinatural. Esto no puede ser. No puedes meterte en la cama con mi hija como si nada. ¡Te has acostado conmigo!

—Lo siento de verdad, yo no quería vivir esta situación. Clara y yo nos queremos, tienes que creerme.

—Mira, dejémonos de estupideces. Mañana mismo rompes con mi hija. Tienes dos posibilidades. Una, la dejas y pones la excusa que quieras. Dos, si no la dejas le contaré lo nuestro y será ella la que te mande a la mierda. Creo que es mejor la primera opción, Clara sufrirá menos, solo será un desengaño. Si me obligas a contarle lo nuestro será horrible para ella, no solo tendrá que dejarte, también tendrá que vivir durante un tiempo echándome a mí la culpa, a su propia madre. ¿Qué eliges?

—Laura... ¡No puedes hacerme esto!

—Te puedo asegurar que esto a mí tampoco me gusta. Por mucho que ocultes lo que pasó entre nosotros. ¿Cómo crees que se sentirá el día que se entere de lo nuestro? No permitiré que mi hija pase por eso. ¡Prométemelo, Compadre! Si alguna vez me quisiste y si ahora es verdad que quieres a mi hija, tienes que prometerme que no continuarás con esto.

Compadre sabía que más tarde o más temprano Clara iba a acabar enterándose y no se lo perdonaría. Si no la dejaba ahora, solo sería retrasar el sufrimiento. No le quedaba otra salida. Al final por mucho que le doliera, acabó prometiendo a Laura que dejaría a su hija.

Clara volvió del servicio. Le dio un beso a Compadre y otro a su madre. Se bebió de un trago lo poco que le quedaba del orujo de hierbas y dejó el vaso encima de la mesa. Le sugirió a Compadre que las llevara a un sitio bonito a tomar una copa, era temprano, pero Compadre puso como excusa que estaba cansado, que llevaba todo el día trabajando y solo le apetecía ir a casa. Clara insistió, era muy pronto, acababa de conocer a su madre y quería que los tres se conocieran mejor.

—Cielo. Si Compadre está cansado, tampoco deberías obligarle.

—Cariño.... ¿de verdad que no te apetece?

—No, Clara, en serio. Otro día será. Estoy hecho polvo, no sería una buena compañía.

Después de la cena Compadre se despidió de madre e hija, no quería separarse de Clara pero... ¿Qué podía hacer? Laura le había puesto entre la espada y la pared. No había solución. Quería a

Clara, pero Laura se lo había dejado claro, tenía que dejarla, tenía que cumplir la promesa incluso sabiendo que iba a ser demasiado doloroso para él. No quería sufrir y al final, tendría que sufrir. Lo más doloroso era pensar que esta vez el sufrimiento tendría que provocarlo él mismo.

Clara fue con su madre a tomar una copa, quería saber qué tal le había caído Compadre. Su madre no estaba muy de acuerdo con la relación, pero era normal, Clara se lo esperaba. Sabía que la diferencia de edad no le iba a gustar. Aún así confiaba que con el tiempo lo comprendiera, estaba enamorada de él y de eso estaba segura.

Compadre llamó a Tuca tras despedirse de los dos únicos amores que había tenido en su vida. No podía irse a casa, necesitaba a alguien con quien tomar una copa y charlar. En casa solo iba a ser mucho peor. Tuvo suerte, Tuca estaba tomando una copa cerca de allí. Compadre se acercó al bar.

—Qué pasa, cabroncete. ¿Ya tienes ganas de salir solito? ¿Dónde anda Clara?

—La he dejado con su madre.

—Es verdad... hoy era la gran cena de reconocimiento materno —Tuca se rió mientras bebía un trago de su copa—. ¿Qué tal fue?

—No podía ser peor.

—¡No me jodas! ¿Qué pasó?

Compadre le contó todo a Tuca. No sabía lo de Laura pero cuando se lo contó Compadre, quedo alucinado por partida doble.

—¡Joder, Compadre! Sí que es fuerte. Pero... ¿por qué tienes que dejar a Clara? ¡Que le den a la madre!

—No es tan fácil, Tuca. ¿Qué pasará el día en que se entere Clara? Hice la promesa y creo que es lo mejor. Llevamos poco tiempo juntos, quizás ahora no sea tan doloroso. Tomemos otra copa. He venido contigo para olvidarme del tema, no para que me des consejos. No te molestes pero creo que no eres el más adecuado en los temas de amores.

Pidieron otros dos Cutty Sark con Coca Cola. Parecía que la noche iba a ser larga. Compadre no tenía ganas de irse solo a casa y Tuca no pensaba dejarle solo.

—Mira, Compadre, no sé pero desde luego sí que es una putada gorda.

Clara y Laura bajaban dirección a casa cuando pasaron enfrente del pub en el que estaban Tuca y Compadre. Clara les vio a través de la cristalera del bar. No se lo podía creer, Compadre tenía ganas de fiesta, pero no con ella. ¿Por qué la había mentido? Compadre sabía que a ella y a su madre no les hubiera importado tomar una copa con Tuca. Le dijo a su madre que tenía que entrar, Laura no estaba de acuerdo, pensaba que era mejor dejarlo para mañana, era muy tarde. No pudo impedirlo.

Cuando Tuca las vio entrar se lo dijo a Compadre. Compadre se giro para verlas, Tuca se quedó inmóvil, no sabía qué decir.

—¿Qué coño haces aquí? ¿No te ibas a casa? —le espetó Clara.

Compadre pensó que era el mejor momento para llevar a cabo su promesa. Si tenía que ser, mejor cuanto antes.

—Mira, Clara, estar todo el día con una niñata es muy pesado y encima ahora... aguantar a tu madre. Necesitaba una copa a solas. Déjame tranquilo, no tengo por qué darte explicaciones de nada.

Clara se quedó de piedra, la contestación de Compadre era la última que se podía imaginar. Era cariñoso, amable y sin embargo hoy se comportaba como un idiota.

—¡Eres un gilipollas! —le gritó.

—Hija, tranquila. Será mejor que nos vayamos.

—Haz caso a mami y déjame un poquito tranquilo. Estoy tomando una copa con mi amigo. ¡Joder, qué pesada eres! ¿Sabes una cosa, cariño? La verdad es que ya estoy harto de ti. Estuvo muy bien mientras duró, pero creo que ya es hora de que cada uno tome su rumbo. ¿No pensarías que lo nuestro iba en serio? Vamos, chiquilla, eres una jovencita adorable, pero nada más.

Compadre sabía que había sido muy duro, pero lo mejor era que Clara pensara que era un gilipollas, sufriría menos.

—Espero que te siente bien la copa —dijo Clara—. Nunca pensé esto de ti. No sé lo que te habrá pasado, pero no quiero volver a verte en la puta vida. ¡Vámonos mamá!

Laura y Clara se marcharon del pub. Clara lloraba. Todo lo maravilloso que había vivido en los últimos días se acababa de ir a la mierda ¿Por qué? ¿Qué le había pasado a Compadre? ¿De verdad la había estado engañando todos estos días? No quería creérselo pero no podía negar la evidencia.

—Cariño, olvídate de ese Compadre. Cuanto antes lo olvides mejor. Es un gilipollas.

—Mama, será un gilipollas pero le quiero. Nunca había conocido a nadie igual. ¿Qué voy hacer?

—¿Qué vas hacer? Nada, eres muy joven. Dentro de poco ni te acordarás de él, hazme caso. Conocerás a otro chico y volverás a enamorarte.

—Pero no quiero volver a enamorarme. ¡Ya estoy enamorada, joder! Lo peor es que no sé por qué ha pasado esto.

—Los hombres son así. Es mucho mayor que tú y probablemente solo eras un juguete para él, una conquista que enseñar, la jovencita que le ha hecho subir su ego pensando que todavía es atractivo. Los hombres de su edad, si no están casados o con pareja es porque no les interesa el compromiso o porque no hay nadie que les aguante. Compadre seguro que cumple con las dos cosas. Olvídate de él, cariño. Deja de llorar por alguien que no se lo merece.

—Pensé que estaríamos toda la vida juntos —dijo Clara entre sollozos—. No puedes imaginar lo mal que me siento mama, y encima mañana tendré que volver a verle. ¿Cómo voy a estar a su lado?

—Pide un traslado a otro departamento, No sé, incluso podrías pedir irte a otra ciudad.

—No puedo hacer eso, acabo de llegar. Soy una novata sin ningún tipo de derechos.

—Pues pídeselo a Compadre. Si es verdad que no quiere verte, estará de acuerdo.

—¿Me estás diciendo que a la persona que hasta hace un momento era el hombre de mi vida, le pida que me aleje de él? Es horrible, pero quizás tengas razón…

Se fueron a casa. Esa noche Laura sustituyó en la cama a Compadre. Se acostó junto a su hija, tenía que consolarla, además, en cierta manera, se sentía culpable por todo lo que estaba pasando su hija, pero era lo mejor, no tenía la menor duda. Su hija solo tenía 23 años, en poco tiempo todo esto solo acabaría siendo una mala experiencia para ella y recuperaría su vida.

Tuca y Compadre siguieron tomando copas hasta las cinco de la mañana. Compadre no sabía si la borrachera era mejor, por lo menos no se acordaba tanto de Clara. Lo peor fue al llegar a casa. Llevaba varios días sin dormir solo y el cepillo de dientes de Clara en el aseo le volvió a recordar que no podría estar más con ella. Se fue al dormitorio llorando, se tumbó en la cama y puso el despertador. Pensó que por lo menos esa noche la borrachera le ayudaría a dormir, mañana no sabía si lo conseguiría. Dos veces había sufrido por amor en su vida, la segunda solo era una prolongación de la primera.

Cuando sonó el despertador, Compadre se levantó y tuvo que recurrir a la ayuda del Almax y del paracetamol. Se sentía mal de la resaca, para el otro mal no existía ningún medicamento que le pudiera aliviar. Encima sabía que se encontraría con Clara dentro de poco. ¿Qué la iba a decir? ¿Podría realmente pasar de ella? Tenía que hacerlo, tenía que cumplir la promesa, era lo mejor para Clara.

Al llegar a Comisaría estaban todos en el despacho, incluida Clara. Antes de ir a su despacho Compadre pasó por el de Lorenzo. Le dijo que mandase a Clara a otro grupo, era muy joven y el caso podía empezar a complicarse, no quería que una novata pudiera meter la pata. Lorenzo no lo entendió muy bien pero bastó la insistencia de Compadre para que aceptara.

—Buenos días, Jefe —dijo Javi con una sonrisa en la cara—. Parece que traemos mala cara. ¿Mala noche?

—Bastante mala. Clara, deberías ir al despacho del Inspector Jefe Lorenzo. Creo que va a cambiarte de grupo.

—¡Vaya putada, Jefe! —exclamó Matilla—. Ahora que estamos en lo mejor del caso.

—¡Matilla, joder, no es asunto tuyo!

Matilla y Javi comprendieron que no era el mejor momento para discutir. Compadre no solía contestar de esa manera. Simplemente se callaron y despidieron a Clara con un beso.

—Bueno, este caso me tiene ya un poco hasta los cojones. Creo que es hora de hablar en serio con ese Tomás. ¿Tenemos novedades?

El seguimiento no había dado muchos frutos, nada raro. Tomás solía llegar al museo, iba a comer a casa. Vivía solo y no parecía que tuviera pareja. Sobre las nueve de la noche acababa su trabajo en el museo y solía tomar un vino en un bar cercano, luego se iba a casa. Por la mañana, a las ocho y media, estaba de nuevo en el museo. Eso sí, los hombres que le seguían comentaron una cosa un poco extraña. El camino que recorría para llegar desde casa al museo no era el más lógico. Hasta llegar al edificio de San Isidoro, todo normal, pero justo cuando llegaba a la iglesia, en lugar de ir directo a la puerta del museo daba una vuelta casi completa al edificio. Puede que solo fuera una manía...

—Quizás dé una vuelta a la iglesia en busca de algo. ¿Podría buscar un dedo? —dijo Javi.

—Puede que le dejen los dedos en algún lugar del edificio y antes de llegar al museo pase a comprobar si hay alguno. Si hay lo coge, lo lleva al museo escondido y en el tiempo en que la limpiadora se cambia él va a su despacho, limpia el paquete de huellas, lo deja detrás del Grial, vuelve a su despacho y activa todas las cámaras. Tiene sentido.

—Sí, pero hasta que no tengamos otro dedo nuevo no podremos averiguar dónde se lo dejan —comentó Matilla—. El edificio es demasiado grande para revisar todas las paredes.

—¿Y de los vídeos?

—Podríamos tener algo —dijo Javi—. Le pedí los vídeos, como me dijiste, y comparándolos resulta que sí que hay una diferencia entre el tiempo que tarda en activar todas las cámaras entre un día con dedo y otro sin dedo. Lo suficiente para ir a su despacho, limpiar el paquete y poder dejar el dedo sin ser visto por la cámara nocturna, volver a su despacho y activar el resto.

—Le haremos creer que lo que tenemos es suficiente para detenerle. Igual se asusta y nos ahorra un nuevo dedo.

—¿No crees que sería mejor esperar? —preguntó Matilla.

—No. Si esperamos aparecerá un nuevo dedo, eso nos facilitaría las cosas, pero a la persona que se lo corten no creo que le haga mucha gracia enterarse de la espera. Vamos a traer a Tomás a Comisaría. También quiero que venga a Comisaría Jaime Cachán, el abogado. Quiero que esté presente en el interrogatorio, puede que nos sea de ayuda. Lo más probable es que llegado el momento Tomás pida un abogado y, si estoy en lo cierto, recurrirá a Jaime Cachán, su primo. Si le hacemos aparecer al instante quedará desconcertado, se dará cuenta de que su primo y la familia están con nosotros. Si le presionamos un poco entre todos quizás nos cuente todo lo que sabe. El factor sorpresa puede ser clave. Yo voy a por el Director, tú, Javi, vienes conmigo. Matilla tu iras a hablar con Jaime Cachán y te lo traes aquí. Chicos…. ¡Empieza la fiesta!

—¿Y Clara? —preguntó Javi.

—¿Qué coño pasa con Clara? —respondió Compadre.

—Creo que le gustaría estar en el interrogatorio.

—¡No me jodas, Javi! No tengo un buen día, no me lo hagas peor. Olvídate de Clara y vámonos.

Clara fue al despacho de Lorenzo. Al entrar se encontró al Inspector Jefe sentado detrás de su mesa leyendo unos papeles.

—Creo que quiere hablar conmigo —dijo Clara.

—Sí, pasa y siéntate, por favor. Mira hemos decidido que ya has pasado bastante tiempo con el grupo de Compadre. A partir de ahora vas a ir de patrulla por la ciudad. Ya te he asignado nuevo compañero. Es otro tipo de trabajo, pero tienes que aprender de todo, para eso estas aquí. Creemos que es lo mejor para tu formación.

—¿Creemos? —preguntó Clara.

—Sí. Lo hemos hablado Compadre y yo. ¿Por qué?, ¿tiene alguna importancia?

—No, señor. Creo que ya no tiene importancia nada.

Lorenzo sintió que algo pasaba, no era normal la contestación de Clara. No le dio más importancia, bastante tenía él con atender a la insistente prensa para que les contara cómo iba el caso del cortadedos. Clara solo era una novata.

12

Cuando llegó Tomás a Comisaría le dejaron solo en la sala de interrogatorios. Al cabo de dos minutos apareció Jaime Cachán en el despacho de Compadre y éste le contó el plan que tenían para intentar sonsacar a su primo quién era el cortadedos. Todo encajaba, Tomás ayudaba a dejar los dedos en San Isidoro, no había duda. Estaba de acuerdo con el plan, si su primo estaba ayudando, como todo parecía demostrar que sí, el colaboraría con Compadre, su apellido estaba por encima de todo y no dejaría que manchara la reputación que tantos años les había costado conseguir. Sabía que sus enemigos iban a aprovechar cualquier excusa para desacreditarles.

Compadre entró en la sala de interrogatorio, Tomás ya llevaba un tiempo esperando. Querían que se pusiera nervioso, eso ayudaría.

—Señor Inspector, ¿qué pasa? Llevo aquí solo más de media hora y nadie me explica nada.

—Tranquilo —dijo Compadre, y se sentó en frente de Tomás—. Queremos interrogarle.

—¿Interrogarme?

—A partir de este momento considérese el primer sospechoso del caso cortadedos —Compadre fue directo, sabía que el efecto sorpresa podía jugar a su favor.

—¡No diga tonterías! Yo no he cortado ninguno de esos dedos.

—Lo sabemos, pero no es sospechoso de cortarlo, es sospechoso principal de ayudar a la persona que ejecuta la venganza.

—¿De qué venganza me está hablando? Yo soy un respetable historiador y director de un museo, no me dedico a venganzas de ningún tipo. Quiero un abogado.

—Por supuesto, tiene todo el derecho. ¿Alguno en especial? —Compadre confiaba en su instinto, si le fallaba todo se iría al traste.

—Llamen a mi primo, Jaime Cachán. Es abogado, y le aviso que es de los buenos. Él acabará con este despropósito.

Compadre fue a la puerta de la sala de interrogatorios y mandó pasar a Jaime. Cuando Tomás le vio entrar se quedó desconcertado.

Jaime le explicó que la policía lo sabía todo, que era mejor que hablara pues tenían pruebas concluyentes de su ayuda al cortadedos. La familia no estaba de acuerdo con lo que estaba haciendo. Tomás solo le contestaba que él no tenía nada que ver, que todo era una confusión. No podía creer que su primo creyese a la policía en lugar de ayudarle, era un Cachán.

Siguieron con el interrogatorio, sabían que se jugaban mucho. No podían cometer errores, si todo salía bien resolverían el caso. Compadre le hizo creer todo lo que suponían. Le explicó que tenían claro que él recogía los dedos en el edificio de San Isidoro, antes de abrir el museo. Una vez dentro, mientras la limpiadora se cambiaba en el aseo, iba a su despacho y eliminaba sus huellas del paquete, volvía al Grial y solo tenía que dejarlo detrás. Cuando regresaba a su despacho, activaba todas las cámaras de seguridad.

—Como puede comprobar tenemos muy clara su forma de actuar —le dijo Compadre.

—¿Ah, sí? ¿Y qué pruebas tiene de todo eso?

—Los vídeos lo confirman. El seguimiento que le hemos hecho también.

—¿El seguimiento? ¿Me han estado siguiendo?

—Varios días, sabemos todos sus movimientos, es inútil que lo niegue —Compadre sabía que no podía mentir, pero sí exagerar un poco—. En confianza, creo que usted pensaba que su tío estaría orgulloso de seguir sus pasos, pero como puede comprobar, ni su tío ni su familia lo aprueban. Tenemos todas las pruebas y si todo esto acaba ahora será mucho mejor para usted. ¿Para qué prolongarlo más?

—¡Primo! —dijo Tomás con voz enérgica, se empezaba a poner nervioso de verdad—, habla ahora mismo. Un Cachán no puede ir en contra de la justicia.

Jaime quiso hacer entender a su primo Tomás que lo que estaba haciendo perjudicaba a toda la familia, no podía seguir manchando el apellido Cachán. Si seguía con esa actitud no le podría ayudar. El mismo Compadre se mostró perplejo de lo firme y convincente que resultaba Jaime. Era un buen abogado, no cabía duda.

—¿Qué pretendes? Te tienen pillado, no puedes negarlo, es mejor que digas todo lo que sabes.

—Pero Jaime... te prometo que todo esto es un error. Yo soy un Cachán, la justicia para mí es lo primero, lo mismo que para la familia.

—No, Tomás. Yo amo la justicia, tú solo manchas el nombre de mi padre. Mi padre pudo cometer errores, no lo niego, pero te aseguro que los remedió con creces a lo largo de su vida. Ahora te toca a ti remediar los tuyos. Acaba con todo esto de una vez.

Compadre puso su cara más seria, no le costó mucho después de lo que había pasado la noche anterior, estaba muy enfadado y la resaca le enfadaba aún más. Se acercó de forma intimidante a Tomás. Ahora le habló de manera amenazante.

—Dejémonos de tonterías —le dijo Compadre—. Si habla ahora le puedo asegurar que el juez será benévolo con usted, solo le culpará de cómplice. Si no colabora le caerá un buen puro, será condenado por cómplice, ocultación de pruebas, no colaborar con la justicia y encubrimiento. Desde luego pasará una buena temporada en la cárcel. Créame, la cárcel no es un sitio para un tipo como usted.

—Pero yo no sé nada, de verdad. ¡Tienes que creerme! —exclamó Tomás, mirando a su primo Jaime.

Jaime le dejó claro que no había nada que creer o dejar de creer, las pruebas eran las pruebas. Tenía que colaborar con el Inspector. Si el cortadedos volvía actuar, la cosa se complicaría y le sería mucho más difícil ayudarle.

—¿Qué crees que pasará? ¿Crees que porque te hayan pillado va a dejar de seguir cortando dedos? Más tarde o más temprano se sabrá todo. No seas tonto, colabora con el Inspector. Te lo recomiendo no solo como tu primo, sino como abogado.

Tomás se dio cuenta que todo iba a cambiar a partir de ahora. Efectivamente, ya no podía seguir haciendo lo mismo, le tenían acorralado. El hecho de pensar que los dedos ya no llegarían al Grial gracias a él le tenía desconcertado ¿Qué pasaría ahora? ¿Era mejor hablar? ¿Iría a la cárcel? ¿Qué haría el cortadedos sin él? Encima, todo lo que le había contado el Inspector era cierto, le siguieron, sabían todos sus movimientos. ¿Qué podía hacer? Demasiadas preguntas y no tenía las respuestas tan rápido. Le habían pillado, no tenía otro remedio, tenía que intentar salvarse.

—Reza para que el cortadedos no actúe de nuevo —insistió Compadre—. Si actúa y el juez sabe que usted le ha seguido tapando, la condena aún será mucho mayor. Si habla ahora y podemos detenerle, usted será el que más beneficio saque de su propia declaración. No sea tonto...

—¡Está bien! Hablaré —Tomás no pudo con la presión, se echó las manos a la cabeza y se dio por vencido.

—Le escuchamos.

Compadre por fin se pudo relajar un poco. No tenía claro que la jugada le fuera a salir bien. Entendía que tenían que hacerle creer que lo sabían todo y lo había conseguido. Ahora solo era cuestión de escuchar.

Tomás habló. Hacía un mes le había llegado una carta anónima escrita a ordenador. El que la escribió sabía que era un Cachán. Decía conocer perfectamente que los Cachanes eran personas a las que les gustaba hacer justicia, y por ello tenía que ayudarle, precisamente en nombre de la justicia iba a cortar el dedo de los delatores de su hijo. Su hijo era una buena persona, sin embargo, fue condenado por un delito que no cometió, pero cuando encontraron al verdadero culpable ya era tarde, su hijo había muerto en la cárcel de una sobredosis, no pudo soportar estar encerrado por algo que él no había cometido.

Fue juzgado por un tribunal popular. Todos los miembros del jurado dictaminaron que era culpable, ni siquiera tuvieron en cuenta las pruebas presentadas y que su hijo declaraba que había estado toda la noche en casa. Aún así le condenaron. El tribunal popular había juzgado injustamente a su hijo y le llevaron a la muerte. Le explicaba que era un caso similar al de Claudio, el padre de su tío Jacinto durante la guerra. Si su tío viviera, seguro que le ayudaría, pensó Tomás, sería un caso que no dejaría pasar impunemente. En nombre de Dios, de la justicia y de los Cachanes, la carta acababa pidiendo que le ayudara a dejar los dedos en el Santo Grial, tal y como a su tío Jacinto le hubiera gustado. Solo tendría que mirar en un hueco de la pared de la iglesia de San Isidoro todos los días y si encontraba un paquete, tendría que dejarlo detrás del Santo Grial, nada más. Pensó que era lo mejor que podía hacer para seguir el legado de su tío. Él no iba a cometer ningún crimen y si la justicia fallaba, él podía poner su granito de arena para solucionarlo, era un Cachán. Además, pensó que podría ser una forma de dar a conocer el Santo Grial de San Isidoro al mundo. Ya que se estaba haciendo muy famoso, solo le faltaba un último empujón, todo era perfecto.

—Mi padre nunca hubiera aprobado esto. ¿Lo sabes, verdad? —le increpó Jaime, la pregunta era una afirmación.

—Pero... cuando estaba haciendo el árbol genealógico descubrí que tu padre empezó cortando dedos a aquellos que habían sido delatores —le respondió Tomás.

—Sí, pero años más tarde rectificó y te puedo asegurar que estaba muy arrepentido. Se dio cuenta de que había otras formas de venganza, desde luego se dio cuenta de que un delito no se puede vengar con otro delito. El que traiciona tiene que ser juzgado, pero para eso está la justicia, los Cachanes solo ayudamos a que le juzguen consiguiendo las pruebas. Una persona no puede actuar en nombre de la justicia, por muy Cachán que sea.

—Yo no he cortado dedos a nadie. ¡Por el amor de Dios! Solo intenté ayudar a hacer justicia.

—Seguramente porque eres un cobarde y ni siquiera tenías el valor —le respondió Jaime—. Solo servías para ser una marioneta. Una marioneta de alguien que sí tiene el valor, que piensa que está haciendo lo justo, pero por mucho dolor y rabia que uno tenga las cosas no se resuelven así.

—Dejémonos de charlas filosóficas y vayamos al grano —dijo Compadre—. ¿Sabe el nombre de la persona que escribió la carta?

—No, solo me dijo que dejaría el primer dedo y que esperaba mi ayuda. Al principio pensé que todo podía ser una broma de mal gusto y no le di demasiada importancia, pero cuando vi el primer dedo, me dije, "soy un Cachán, tengo que hacerlo", y lo hice. Solo me limité a dejar los dedos, no quise investigar nada más. No quería saber quién era el cortadedos, pensé que podía ser alguien de mi familia y en ese caso lo mejor era no saber nada.

—Entonces... todo esto es por no estar de acuerdo con una sentencia de un jurado popular.

—Creo que no solo es por eso, se trata de justicia. Ese hombre seguro que tiene mucho dolor por la muerte de su hijo. Pero sí, la carta ponía eso.

—¿Y tiene la carta?

—No, pensé que era mejor destruirla. No quería tener nada que me comprometiera.

Compadre salió de la sala y se dio cuenta de su error. Las personas a quienes cortaron el dedo se conocían entre ellos, todos formaron parte de un jurado popular. Les enseñaron fotos de los Cachanes y realmente las fotos que tenían que haber visto eran las de ellos mismos. ¿Cómo no se dio cuenta de que podían conocerse?

Matilla le explicó que no tenían una base de datos de la gente que participa en un jurado popular. No son gente que puedan ser sospechosos de nada, al contrario, tienen que estar muy limpios para formar parte del jurado.

—¿Y dónde está esa puñetera base de datos? —espetó Compadre.

—Tendremos que pedirla en los juzgados.

—Pues a toda leche a por ella, solo hay que saber qué juicio fue y tendremos al culpable. De todas formas será más rápido llamar a cualquiera de los que les han cortado el dedo y que nos lo digan ellos mismos. Quiero saber el nombre del condenado, su padre es el que anda cortando dedos por ahí.

Javi se puso a llamar por teléfono a todos las víctimas de los dedos, tenía que averiguar el caso en el que habían participado como jurado popular. Había que actuar rápido, un dedo cortado más supondría un fracaso después de la declaración de Tomás.

Clara estaba sola en su apartamento, su madre había salido a comprar algo de comida. Fijó su mirada en la vitrina del salón, una botella de whisky podría mitigar el dolor que sentía. No entendía nada. ¿Era posible que Compadre la hubiera engañado? ¿Todo lo que vivieron fue mentira? Sabía que era joven, podía encontrar el amor con el tiempo pero eso no la consolaba. Dio un manotazo a la botella de whisky y la tiró al suelo. Se rompió en mil pedazos y el alcohol quedó desparramado por el suelo del salón. Clara se arrodilló llorando con las manos cubriendo su cara al ver que no tenía consuelo, el dolor era muy grande. Era la primera vez que sentía el corazón roto. Hasta ahora los novios que había tenido no le hicieron daño, solo sintió tristeza al romper la relación, esta vez era diferente, tenía una sensación extraña y muy dolorosa, la vida no tenía sentido sin Compadre. ¿Qué podía hacer? Le gustaría llamar a Compadre y suplicarle que volviera con ella, que haría lo que fuera por estar con él, sabía que eso era humillarse demasiado y que la gente no lo entendería y su madre menos. No le importaba si con eso se acabara el dolor, pero lo más probable es que él no quisiera, no era tan fácil. Quizás no hiciera falta llegar a tanto, podía llamarle para preguntarle qué había sucedido, lo de la noche anterior no tenía explicación. Necesitaba llamarle, hablar con él. Cogió el teléfono y busco en contactos por la C.

—Compadre, soy yo, Clara.

—Ya sé quién eres ¿Qué quieres? Estoy muy liado, ya lo sabes.

Compadre sintió una sensación doble al ver que en su teléfono salía el nombre de Clara. Por un lado de alegría, la echaba de menos y le gustaría oír su voz, por otro lado de tristeza, tenía que seguir intentando hacerla creer que no la quería.

—¿Qué quiero? Sabes que a ti, pero eso no importa. Necesito saber por qué te comportaste así ayer, qué ha pasado. No encuentro sentido a todo esto.

—Mira, Clara, siento mucho que todo esto te lo tomaras tan en serio, pensé que eras joven y solo querías pasarlo bien. Desde luego mi intención solo era esa. Lo mejor que puedes hacer es olvidarte de mí, ahora tengo prisa, no puedo entretenerme.

—¿Entretenerte? Eso es lo que yo fui para ti, un entretenimiento.

—Ya sabes que sí, nada más. Por favor no me llames más, estamos a punto de resolver el caso y no tengo tiempo para chorradas.

—¿Solo te importan los dedos cortados? ¿Y yo...? ¿Qué pasa conmigo?

—Ahora mismo solo me importan los dedos cortados, como tú dices. No quiero hacerte daño, pero las cosas son así.

—Ya me lo has hecho... y mucho.

—Lo siento de veras, pero no tengo más que decirte. No me lo pongas más difícil.

Clara le colgó el teléfono. Al colgar, Compadre sintió ganas de llorar, pocas veces le pasaba. La promesa que le hizo a Laura iba a dolerle más de lo que él pensaba, pero... ¿qué podía hacer? No tenía más remedio, no podía decirle a Clara el verdadero motivo, sería peor, sufriría más y al final no estarían juntos.

Laura llegó al apartamento de su hija Clara. Vio la botella de whisky por el suelo y a Clara llorando en el sillón.

—¿Qué ha pasado aquí, hija?

Clara no contestó, la conversación telefónica con Compadre la había dejado peor que antes. Ahora sabía que ya no tenía remedio, tendría que acostumbrarse a vivir sin él.

—¡Por Dios, Clara! Deja de llorar. Todo esto es absurdo, solo llevabas con él unos días.

—Los mejores de vida, mamá.

—No digas tonterías, tienes 23 años, te quedan muchos días mejores que pasar. Hazme caso, soy tu madre y te puedo asegurar que esto se te pasará en muy poco tiempo.

—¿Cuánto, mamá? No sé el tiempo que podré soportarlo.

Laura intentó que se diera una ducha y que se arreglara para salir a dar una vuelta. Despejada lo vería todo mucho mejor.

Clara no tenía ganas de nada y menos de arreglarse y de salir. Aún así, no quiso llevarle la contraria a su madre. Quizás tuviese razón, estar encerrada llorando no era la solución. Se dio una ducha rápida y se vistió lo más guapa que pudo. Iban a salir.

13

—Lo tenemos, Jefe —dijo Matilla—. Se llama Diego Alonso Panizo, está jubilado, trabajaba para una empresa de construcción...

—¡Mierda, Matilla! —le cortó Compadre— Déjate de chorradas. ¿Sabemos dónde vive?

—Sí, aquí tengo la dirección.

—¿Tiene teléfono fijo en casa?

—Sí, Jefe.

Compadre le explicó a Matilla que tenía que llamar por teléfono a Diego Alonso. Lo importante no era el asunto de la llamada, daba igual, lo importante era saber si estaba en casa, una supuesta encuesta telefónica sería suficiente para averiguarlo. Iban a ir a detenerle, pero si no estaba en casa, los vecinos se darían cuenta de la visita de la policía y al final el cortadedos sabría que le tenían, se escondería y sería más difícil su búsqueda. No quería el más mínimo fallo, una detención mal llevada supondría más días de trabajo.

—Quiero una patrulla en su portal. Yo voy al despacho de Lorenzo. ¡Vamos, Matilla! ¿A qué coño esperas para hacer la llamada?

Compadre y Javi fueron al despacho de Lorenzo, querían una orden de registro y entrada en el domicilio del cortadedos. El Jefe Lorenzo se alegro mucho de los nuevos descubrimientos, la prensa hacía demasiadas preguntas y Lorenzo no tenía respuestas.

—Por fin —dijo el Jefe Lorenzo—. Este tío ya me estaba tocando las narices. ¿Estáis seguros de que es él?

Compadre explicó que tenían la declaración del que le ayudaba a dejar los dedos en el Museo de San Isidoro. No había dudas, tenían al cortadedos. Era importante que la orden del juez la consiguiera lo antes posible, no quería tener problemas. Sabía que en el juicio cualquier prueba conseguida de forma ilegal tiraría por tierra todo el caso, conocía bien el trabajo de los abogados.

—Ahora mismo hago una llamada y en menos de veinte minutos tendremos la orden. Diego Alonso Panizo... ¿de dónde coño ha salido este tío?

—Es el padre de un condenado que murió en prisión por una sobredosis. Culpa al jurado popular de la muerte de su hijo. Al parecer no estaba de acuerdo con la sentencia. Volvemos a mi despacho Jefe, en cuanto llegue la orden que me la lleven, estoy deseando ir a por ese cabrón.

—Y yo, Compadre. Una cosa... quiero estar al tanto de todas las novedades al detalle.

—Matilla se quedará aquí, puede sernos de ayuda. Cuando hable con él le diré que le informe.

Cuando regresaron al despacho Matilla ya estaba allí. La llamada dio sus frutos. Diego Alonso se encontraba en su casa. Matilla entregó la foto del cortadedos a una patrulla policial y les dio la orden de ir a su casa a vigilar para que no saliera hasta que el Inspector llegara a detenerlo. No podían dejar que se escapara.

—Bien, en marcha. Vamos a por él. Ya es hora de que deje de cortar dedos.

Matilla se quedó en el despacho, a Compadre le gustaba tenerle siempre cerca de un ordenador, podía ser más útil que en la detención. También tendría que ir informando al Jefe Lorenzo.

Javi y Compadre fueron a la sala de interrogatorios en busca de Tomás. Le bajarían a los calabozos mientras iban a por su amiguito. Al abrir la puerta, Jaime estaba consolando a su primo.

—Bueno, señor Tomás —dijo Compadre—, de momento le vamos a llevar detenido al calabozo. Mañana le pasaremos a disposición Judicial. Le puedo asegurar que si todo lo que nos ha dicho es cierto, el juez no será muy duro con usted. Ahora ya no depende de nosotros.

—Pero usted me prometió que si hablaba me iban a ayudar.

—No se equivoque. Yo le dije que se iba ayudar usted mismo y eso es cierto. Cuando tengamos detenido a su amigo y deje de cortar dedos, el juez sabrá que ha sido con su colaboración y no será demasiado duro. Pero no crea que se irá a casita tan tranquilo, al fin y al cabo ha cometido un delito.

—Joder, Jaime, ¿no me vas ayudar?

—Primo, no estoy de acuerdo con lo que hiciste, no es digno de un Cachán, pero aún así seré tu abogado. Tranquilo, no te pueden imputar por encubrimiento, no sabías quién era la persona que cortaba los dedos. Con suerte y una buena defensa, no cumplirás condena en la cárcel.

—Está bien, señor Jaime —dijo Compadre—. Entonces oficialmente desde este momento es el abogado de su primo. ¿No es así?

—Correcto, señor Inspector. De todas formas, si puedo ayudarles en algo más aquí me tienen.

—Gracias por su ayuda. Creo que no nos hará falta.

Jaime le pidió como abogado que le dejara un tiempo con su primo charlando antes de bajarle al calabozo. Compadre no puso ninguna objeción pero le ordenó que permaneciera en Comisaría hasta que tuvieran al cortadedos. Confiaba en Jaime, pero no podía permitirse el lujo de posibles filtraciones. Le dijo que tampoco podría hacer ninguna llamada. Jaime le dio su teléfono en forma de aprobación. Él se lo cogió y envió a Javi a dárselo a Matilla. Le prometió que cuando todo acabara le devolvería el teléfono y podría irse. Esperaba que en muy poco tiempo.

Con la orden de registro en la mano y una patrulla con dos agentes vestidos de policía, salieron en dirección a la vivienda del cortadedos. Compadre avisó a la patrulla que no quería sirenas que anunciara su llegada, todo debía de hacerse lo más silencioso posible.

Llegaron al portal de la dirección que les proporcionó Matilla, subieron al tercer piso, puerta izquierda. Los dos agentes permanecieron en las escaleras. Javi y Matilla llamaron a la puerta. Esperaron un rato y no abrió nadie.

—Necesitamos un cerrajero —dijo Compadre a Javi—. ¡Mierda!, este tío no está en casa. Avisa a uno rápidamente. Voy a llamar a Matilla.

Compadre bajó al portal del edificio, habló con la patrulla que estaba de vigilancia. No le habían visto salir del edificio. Sacó el móvil y marcó el teléfono de Matilla.

—¡Matilla, joder! No está en casa.

—Jefe, le aseguro que me cogió el teléfono y me respondió a una chorrada de encuesta.

—¿Cuántas personas formaron el jurado popular en el juicio?

—Nueve en total.

Le pidió a Matilla que cogiera la lista con todos los nombres del jurado popular, tenía que averiguar quién podía ser la próxima víctima. Tenía que encontrar el orden que siguió con las víctimas hasta ahora y sacar alguna conclusión. En el momento que viese la relación debía llamarle inmediatamente, no quería más dedos cortados. Jaime ya se podía ir de Comisaría.

—Pero si estaba en casa, ¿cómo coño pudo saber que veníamos a por él? —preguntó extrañado.

—No lo sé, Jefe. Igual salió mientras llegaba la patrulla. No tendría más de cinco minutos para hacerlo, es muy raro.

—Pero alguien tuvo que avisarle. No creo que fuese a la compra. Matilla, confío en que lo antes posible me des el nombre de la próxima víctima. Si aparece otro dedo cortado, Lorenzo se va a mosquear mucho con nosotros. Antes de ponerte con la lista llama a la compañía telefónica donde tiene contratado el teléfono Diego Alonso, intenta averiguar si hubo una llamada que le avisase de que veníamos a por él. Puede que ahí tengamos la clave de todo.

Cuando abrieron la puerta de la casa todo lo que encontraron tenía un aspecto normal, nada destacable hasta que llegaron al salón. Un teléfono fijo con contestador y grabadora de llamadas. Compadre miró las últimas llamadas recibidas.

"Podría responderme a una encuesta..." Siguiente llamada...

"¡Van por ti! Tienes que salir de tu casa ahora mismo. Abortamos todos los que quedan y pasamos al plan final. Vamos directos a por el culpable, tiene que morir. Recuerda... tu hijo murió por su culpa."

—¡Mierda! —exclamó Compadre—. A este capullo le avisaron antes de que nosotros llegáramos. ¿Quién cojones sabía que veníamos?

—Solo nosotros —respondió Javi.

—¿Jaime Cachán? Es imposible. No tiene forma de hacer la llamada. Tenemos su teléfono.

—En Comisaría hay más gente, pero que supieran que veníamos aquí... no hay nadie más.

Salieron hacia Comisaría, tenían que averiguar desde dónde coño se hizo esa llamada. Dejaron a la patrulla de vigilancia en la vivienda por si aparecía el cortadedos.

Antonio Lara Puerta, Belén Alonso Manso, Eloy Ochoa Amor... nada, Matilla no encontraba una correlación en el orden que siguió para cortar los dedos. No era por apellidos, tampoco por edad ni por sexo, ni siquiera por el color del pelo. No encontraba sentido al orden de actuación del cortadedos. En ese momento se presentaron Javi y Compadre. Compadre preguntó a Matilla si ya sabían desde dónde se había hecho la llamada.

—Sí, Jefe, desde una cabina de teléfono de la plaza de las Cortes Leonesas.

—¡Joder! ¿En las Cortes? Eso está aquí al lado. El cabrón que le avisó salió de aquí seguro.

—¿Sabemos la próxima víctima?

—Nada —contestó Matilla—. No veo una relación directa que pudiera seguir para cortar los dedos a los miembros del jurado. Ni apellidos, ni edad, ni color de pelo, ni dirección de sus viviendas. Nada de nada.

—¿Has mirado por el nombre?

—Pues no, es tan obvio que ni se me pasó por la cabeza.

—Coño, Matilla, a esta gente le da igual el orden, solo querían vengarse, probablemente usaran la relación más sencilla que vieron. ¿Para qué complicarse la vida? Por orden alfabético y punto.

Matilla se puso rápido a comprobar el orden alfabético de los nombres. Efectivamente todo era mucho más sencillo, simplemente elegían las víctimas por orden alfabético del nombre, Compadre tenía razón. Susana González Arienza sería la próxima víctima del cortadedos.

—No creo que Susana sea la próxima —contestó Compadre—. Quien avisó a ese capullo dejó un mensaje grabado y parece que hay alguien al que consideran el culpable principal. Le dijo que fuera directo a por el culpable y ahora parece que no quiere su dedo, quiere matarlo. ¿Quién pensará ese capullo que fue el culpable de la muerte de su hijo?

—Puede ser que piense que el que realmente mandó a su hijo a la cárcel fuera el juez o el fiscal —expuso Javi—. Uno dictó sentencia y el otro aportó las pruebas para encerrarlo. Pensaría que su muerte fue culpa del que lo encerró.

—¡Eso es, Javi! —replicó Compadre— Va a por el juez del caso. Hay que avisarle lo antes posible, necesita protección ahora mismo. Ese cabrón anda por ahí suelto en busca del juez o del fiscal y esta vez no quiere su dedo, quiere matarle. Lo que nos faltaba, que todo esto acabara en asesinato.

Javi hizo una llamada al juez y otra al fiscal para advertirles del peligro que podían correr. Una patrulla iría en su búsqueda y les llevarían a su casa. Allí sería mucho más sencillo protegerles. Compadre sabía que si alguno acababa muriendo, las cosas se iban a poner muy difíciles para él y su grupo.

Matilla y Compadre bajaron a los calabozos en busca de Tomás. Necesitaban saber si Tomás sabía de algún implicado más en el caso del cortadedos. Hablaron con Tomás pero nada, solo sabía lo que les había contado y parecía creíble. ¿Quién avisaría al cortadedos? Tenía que ser alguien de Comisaría. Subió de nuevo a su despacho, quería repasar el caso, algo se les había pasado.

Al poco tiempo llegaron Matilla y Javi. El juez y el fiscal ya tenían protección. Hicieron un breve repaso de todo. Las únicas personas que sabían que iban por ese Diego Alonso, aparte de ellos, eran Tomás y Jaime Cachán. Ninguno de los dos pudo avisarle. Pero estaba claro que el que le avisó, también lo sabía.

—¿Cómo coño lo supo? —Compadre necesitaba una respuesta.

—Puede que nos estuviera siguiendo y viera entrar a Tomás —dijo Javi—. Después supondría que hablaría y que les teníamos pillados.

—La llamada se hizo más o menos a la hora en que salíamos de Comisaría —añadió Compadre—, justo después de que Matilla le llamara por la encuesta. Si fuera como dices, le avisaría nada más llegar Tomás a Comisaría, no hubiera esperado a que saliéramos nosotros.

—Quizás esperó a vernos salir después de interrogar a Tomás.

—Estaba claro que tenía que saber que salíamos a por Diego Alonso, su amigo cortadedos. ¡Espera un momento! ¿Dónde trabaja el Cachán Policía?

Benito Cachán trabajaba en el puesto de denuncias, su misión era escribir y tramitar las denuncias. Fue en su búsqueda, quizás estaba trabajando en ese momento. Si estaba en Comisaría pudo enterarse de todo. Pudo ver entrar a Tomás en la sala de interrogatorios y ver llegar a su hermano Jaime Cachán. Pudo ver todos los movimientos de Compadre y su grupo dentro de Comisaría y deducir que salían a por el cortadedos después del interrogatorio.

—Joder, solo tuvo que salir un minuto a la plaza de las cortes y llamar. No tardaría más de cinco minutos en hacerlo.

—Pero no es sospechoso de nada —replicó Javi.

—Hasta ahora —dijo Compadre—. Si estaba trabajando y salió para hacer la llamada será fácil averiguarlo. Al final puede que algún Cachán directo esté metido en todo esto. Alguien tuvo que darle la idea a ese Diego para cortar los dedos y sugerirle que los dejara en el museo. Benito Cachán conocía a su primo y sabía que era muy fácil que colaborara en el plan. Tomás no pudo hacer la llamada, ni siquiera sabe el nombre del cortadedos y Jaime no tenía el teléfono. ¿Qué otra opción tenemos?

—Puede que el cortadedos investigara la historia de los Cachanes por su cuenta.

—O puede que algún Cachán supiera las ganas de venganza de Diego y le sugiriera la forma de llevarla a cabo.

Al poco rato llegó Matilla. Efectivamente, Benito Cachán estaba trabajando en el departamento de denuncias. Habló con su compañero y confirmó que Benito había salido a tomar un café hacía una hora más o menos, no sabía cuándo exactamente.

—Ese cabrón está metido en esto hasta el cuello. Vuelve a por él y me lo llevas directo a la sala de interrogatorios, quiero grabar todo lo que nos cuente.

En unos minutos Benito Cachán llegó a la sala de interrogatorios acompañado de Matilla.

—Hola de nuevo agente Benito. ¿Qué tal el café? —le preguntó Compadre de forma irónica.

—Muy bien, señor Inspector. ¿Se puede saber qué hago en esta sala?

—Bueno, esta sala es para interrogar a los sospechosos. Eso lo sabe usted muy bien.

—¿Soy sospechoso de algo?

—Desde este momento sí. ¿Conoce a Diego Alonso Panizo?

—Ahora mismo no me suena ese nombre de nada, la verdad. Pero... ¿de qué coño soy sospechoso?

—Sabemos que una llamada suya avisó a Diego Alonso para que saliera de su casa antes de detenerle, justo durante su cafetito.

—No sé de qué me habla, señor Inspector. Todos los días salgo a tomar un café en mi turno.

—Sí, pero da la casualidad que hoy ha salido en el momento justo en que Diego Alonso recibió la llamada en su teléfono. Usted sabía en todo momento nuestros movimientos. Trabaja aquí al lado y pudo avisarle perfectamente.

—Usted mismo lo dice, pude avisarle, pero no hice ninguna llamada. Estuve en el bar de la plaza tomando un cortado, como siempre. Pregunte al camarero, es fácil, no les queda muy lejos. Además... ¿Qué interés tendría yo en avisar a ese cortadedos?

—¿Cortadedos? Yo nunca le he dicho que ese tal Diego Alonso fuera el cortadedos.

—Inspector, soy policía, sé perfectamente el caso que lleva, no es difícil adivinar que ese Diego es el cortadedos. Déjese de tonterías, si tiene realmente algo relevante con lo que pueda acusarme dígamelo, en caso contrario creo que debería volver a mi trabajo.

Tenían que dejarle irse, no podían detenerle, no tenían pruebas concluyentes. Antes de que se fuera el Inspector le quiso dejar claro que si estaba implicado en el caso de alguna forma no tardaría en averiguarlo. Iban a analizar la llamada y si la hizo él, estaría metido en un buen lío.

—En ese caso, creo que lo mejor sería que me buscase un buen abogado —le contestó Benito—, pero de momento, si me disculpan, me voy a mi trabajo. No es tan interesante como el suyo pero es necesario, la gente sigue viniendo a poner denuncias.

—Muy bien, como quiera. Nos veremos pronto, no le quepa la menor duda.

Benito Cachán salió de la sala y Compadre puso a Matilla a investigar todo sobre él. Quería saber si algo relacionaba a Benito con el cortadedos. Además de ser un Cachán, tenían que descubrir alguna cosa más, estaba seguro de que ocultaba algo. Tenían que encontrar un motivo sólido por el que Benito quisiera ayudar a Diego Alonso.

—¿No hay un banco en la plaza de las Cortes? —preguntó Compadre.

—Sí, Jefe —respondió Matilla—, al lado del bar.

—Seguro que tienen cámaras de seguridad en la calle. Hay que ir a buscar las grabaciones, es muy probable que captaran quién hizo esa llamada desde la cabina. Puede que tengamos pillado al cabrón que dio el aviso. Javi y yo iremos a ese banco ahora mismo. Matilla averigua toda la vida laboral y personal de Benito Cachán, ese tío esconde algo, estoy seguro.

Mientras Matilla revisaba toda la vida de Benito Cachán, Javi y Compadre fueron al banco. Nada más entrar hablaron con un chico joven con traje y corbata que se encontraba sentado en la mesa más cercana a la puerta. Se presentaron y le pidieron que les llevara al despacho del director, era urgente.

El joven les mandó esperar un momento. Se levantó en dirección a un despacho acristalado que estaba al fondo del banco. Al salir de la habitación les hizo una seña para que se acercaran y entraran. El director les recibió muy amablemente y Compadre le explicó el motivo de su visita. El director del banco hizo una llamada a la compañía que el banco tenía contratada para la seguridad. Las grabaciones no estaban en el banco, se grababan desde la central de la compañía de seguridad. Les dio la dirección, no estaba muy lejos del banco.

Cuando llegaron a las oficinas de la compañía de seguridad, un chico joven con una camisa gris que llevaba impreso el logo de la compañía, les llevó a una sala de ordenadores y se sentó en uno donde supuestamente estarían las grabaciones. Pasados unos minutos encontró la carpeta donde se almacenaban las grabaciones de las cámaras de seguridad del banco. Empezaron a visualizarlas y, efectivamente, dentro del campo de una de las cámaras externas estaba la cabina desde donde se hizo la llamada. Pasaron las imágenes en cámara rápida hasta la hora cercana a la llamada. Vieron a un hombre aproximarse a la cabina, no se le apreciaba bien, la imagen era en blanco y negro y estaba lejos. Compadre le pidió al chico que parara la imagen en un punto en el que se veía al hombre de la llamada frente a la cámara.

—¡Ese tío va vestido de policía! —exclamó Javi.

—¿Puedes hacer un zoom de la cara? —preguntó Compadre al chico.

—Sí, claro, espere un momento.

Seleccionó con el ratón un cuadrado que rodeaba la cara y metió unos datos con el teclado, le dio a la tecla Enter y apareció la cara ampliada varias veces.

—¡Joder, es ese cabrón! —exclamó sorprendido Compadre—. ¡Lo tenemos! Ya sabía yo que ese tío ocultaba algo. Ahora lo tiene jodido, tendrá que contarnos todo lo que sabe. ¿Podemos llevarnos una copia de estas grabaciones?

—Si tenemos una orden policial o de un juez no hay problema —respondió el chico.

—De acuerdo. Iremos a por esa orden ahora mismo. Vaya haciendo una copia, es una prueba muy importante. En breve mandaremos a un agente con la orden. Javi, vámonos a Comisaría. Tenemos que encontrar a Benito Cachán. Ya no podrá negar que hizo la llamada.

14

Clara le propuso a su madre ir a tomar un gin tonic en un bar cercano a la catedral. Ella sabía que era el sitio donde Tuca y Compadre solían ir a tomar la primera copa, su madre no lo sabía. Cabía la posibilidad de que Compadre estuviera. Si era así, quizás al verla quisiera hablar con ella. Al entrar fueron al fondo de la barra a pedir la copa. No estaba Compadre, puede que fuera demasiado pronto o quizás no saliera esa noche. Cuando tenían el gin tonic a medias entró por la puerta Tuca con otros dos amigos vestidos con traje y corbata. Clara supuso que eran abogados compañeros de Tuca. Los dos amigos y Tuca se acercaron a la barra sin percatarse de la presencia de Clara. Cuando Tuca tenía la copa en la mano se giró para ver el ambiente del bar y cruzó la mirada con Clara. Una sonrisa y Tuca se acercó a saludarla.

Nada más que Clara le presentó a su madre, Tuca se dio cuenta de quién era, Laura también lo reconoció. Ninguno de los dos quiso dar ninguna pista a Laura de qué se conocían. Si Clara sospechase algo, todo el esfuerzo de Laura para que Clara no volviera con Compadre se podía ir al traste. Por su parte, Tuca sabía que su amigo Compadre no le perdonaría una metedura de pata con Clara y su madre.

—Tuca... ¿Te puedo pedir un favor?

—Lo que quieras, Clara —le respondió Tuca sabiendo que tendría que ser muy cuidadoso con lo que decía.

—¿Por qué Compadre se comporta conmigo así? Estoy segura de que me oculta algo. Tú tienes que saberlo, eres su mejor amigo. Por favor Tuca... necesito una explicación razonable.

Tuca no tenía más remedio que seguir el juego de Compadre. No estaba de acuerdo con lo que había hecho, pero no lo quedaba otra opción que seguir mintiendo a Clara. Le contó lo mismo que Compadre, no quiso entrar en demasiados detalles, corría el riesgo de meter la pata.

Clara insistió. No se creía que Compadre fuera tan mala persona, no podía ser que todo lo que había vivido con él fuera un simple entretenimiento para Compadre.

Tuca se dio cuenta que Clara no le dejaría de preguntar hasta que no le diera una respuesta convincente.

—Mira, Clara —dijo Tuca—, Compadre quizás tenga miedo a que la relación no llegue a buen fin. Ha sufrido mucho en relaciones anteriores, quizás crea que la diferencia de edad sea un impedimento, puede que crea que eres demasiado joven para estar enamorada de él. No sé, todo esto son suposiciones mías, deberías hablar con él. Como comprenderás, yo me encuentro en una situación muy comprometida.

—Te prometo que estoy enamorada de él, no te quepa la menor duda. ¿Por qué no puede creerme? Nunca dije ni hice nada que pudiera llevarle a pensar eso.

Tuca no estaba a gusto con la conversación, quería irse. La mejor táctica era ir al baño. Al salir del baño les insinuó que estaba con unos compañeros y debía irse. Clara se dio cuenta de que no quería hablar y no insistió más.

Nada más que Tuca las abandonó, Laura le reprochó a su hija que siguiera insistiendo en Compadre. No veía normal que una chica tan guapa y tan joven como ella estuviera obsesionada con un hombre. Tenía que olvidarlo, la noche empezaba, quizás encontrara un chico con el que tener una charla agradable y la hiciera olvidarse del Inspector. A pesar de que a Laura no le gustaba mucho salir por la noche, insistió a Clara para ir a tomar otra copa por el barrio húmedo.

Cuando Clara despertó se encontraba enferma, tenía fiebre. Realmente estaba de resaca, la noche anterior había bebido demasiado y su madre no le había parado los pies. Quizás ella también creyera que el alcohol podía hacerle olvidar a Compadre, pero no era así. Desayunó con su madre y después de una ducha se tumbó de nuevo en la cama. Miró el teléfono pero no había ninguna llamada de Compadre. Tomó una pastilla para dormir, pero no se durmió. Llevaba dos horas en la cama y apareció su madre en la habitación, quería que se levantara y fuera con ella a dar una vuelta. No podía salir, por la tarde tenía que ir de patrulla y necesitaba descansar. Le dijo a su madre que saliera ella, que no se preocupara, que estaba bien. Realmente estaba mal, pero eso no importaba.

Se quedó sola tirada en la cama dándole vueltas a todo lo que había pasado. Había llamado a Compadre a pesar de no merecérselo, no la había hecho ni caso, solo le importaba el caso cortadedos. Pensó que tenía suerte, por lo menos Compadre tenía con lo que entretenerse y olvidarse de todo. En estos momentos era más importante el caso cortadedos que ella, quizás siempre lo fue, pero ella no lo podía creer. Todo lo vivido con Compadre no podía ser mentira, algo tuvo que pasar, algo que Compadre la estaba ocultando. Tenía que conseguir que fuera sincero con ella, tenía que convencer a Compadre de que ella le quería. Puede que tuviera miedo porque era más joven que él, le había dicho que no quería sufrir. Si había pasado algo estaba segura de que podrían superarlo juntos. Necesitaba llamar la atención de Compadre para demostrarle su amor y que le dijera la verdad, no estaba dispuesta a perderlo. Por muy grave que fuera seguro que tenía solución. Compadre no quería hablar claro, ni siquiera quería hablar con ella. Tenía que pensar un plan, no iba a resignarse. El amor de su vida estaba en juego y no se iba a dar por vencida tan fácilmente.

Javi y Compadre llegaron a Comisaría. Matilla estaba sentado en la mesa del despacho de Compadre delante del ordenador.

—¡No vais a creer lo que he encontrado! —les dijo Matilla con cara de sorpresa.

—Ni tú tampoco lo que hemos encontrado nosotros —le respondió Javi—. ¿Sabes quién hizo la llamada al cortadedos? ¡El cabronazo de Benito Cachán! Se le veía claramente en el vídeo de la cámara de seguridad.

—Joder, ese tío está metido hasta el fondo en esto —dijo Matilla—. Esperad a que os cuente lo que encontré de ese Benito. Vais a alucinar.

Investigando el historial de Benito se encontró que estaba rebajado de servicio en la calle y por eso trabaja en el departamento de denuncias. Hace tres años tuvo un problema con un drogata que también era camello. Al parecer el camello le denunció por pegarle en la calle y robarle cuando Benito no estaba de servicio. En su defensa alegó que por culpa del camello un chaval de 18 años hacía poco había muerto por tomar droga adulterada, pero el juez dictaminó en la sentencia que por muy culpable que fuera el camello y por muy policía que fuera Benito, la justicia no se resolvía de esa manera. El juez le suspendió de empleo y sueldo durante dos meses. Le permitió reincorporarse al servicio con la condición de no tener contacto directo con detenidos ni patrullar las calles. El Jefe Lorenzo le destinó en denuncias, pensaría que era un buen destino para no tener contacto directo con delincuentes.

—A la familia Cachán no les haría mucha gracia que su hermanito hiciera esas cosas —dijo Compadre en tono burlón.

—Pero ahora viene lo mejor de todo —continuó Matilla—. El camello, en el juicio contra Benito, llevó un testigo de la paliza, un joven que al parecer pasaba por la calle en el momento en que Benito pegaba al camello. ¿Sabéis quién era el testigo? Gustavo Alonso Aroca.

—¿Quién es ese tío? —preguntó Compadre extrañado.

—No se lo va a creer, Jefe. Es el hijo de Diego Alonso, nuestro cortadedos.

—¡No me jodas! —exclamó Compadre— ¿El que murió en la cárcel de sobredosis?

—El mismo, Jefe, pero eso no es todo.

Matilla siguió haciendo averiguaciones y descubrió que el juez que metió en la cárcel al hijo del cortadedos era el mismo que condenó a Benito Cachán por lo de la paliza al camello.

—¡Joder!, a ese cabrón le salió todo perfecto. Podía matar dos pájaros de un tiro. La condena que le puso el juez le parecería injusta y pensaría que el culpable fue el hijo del cortadedos por ir de testigo. Al juez y al testigo les culparía de no poder ejercer como policía justiciero de la familia Cachán. Tenía que vengarse de los dos. Gustavo Alonso moriría en la cárcel, pero Benito se daría cuenta de que el juez que le encerró era el mismo que le había condenado a él y entonces se le ocurriría el plan. Solo tenía que contarle el plan al padre para vengarse de la muerte de su hijo y que éste aceptara llevarlo a cabo. Él no se mojaría en ninguno de los dos casos. Tenía claro que su primo Tomás acabaría llevando los dedos al museo, era un Cachán y actuaría como tal, solo tenía que venderle la venganza como algo con lo que toda la familia estaba de acuerdo. La justicia y la cárcel acabaron con el que le delató y el padre acabaría con el juez que le condenó. Un plan perfecto. ¿Dónde está Benito Cachán?

—Sigue en Comisaría —contestó Javi.

—Espero que sea así.

Mandó a Javi al departamento de denuncias a por Benito, pero esta vez con dos agentes que lo trajeran esposado. Le iban a interrogar de nuevo, pero esta vez como detenido por el caso cortadedos. Ese cabrón no se saldría con la suya.

—Por cierto... ¿Por qué coño fue a la cárcel el hijo del cortadedos? —preguntó Compadre a Matilla.

El hijo había sido acusado de robo con intimidación en una vivienda. Al parecer la vivienda tenía cámara de seguridad y en la grabación se vio cómo se le caía al ladrón el móvil durante el robo. Iba con un pasamontañas, pero la complexión era igual a la de Gustavo. La clave para solucionar el caso fue que el teléfono móvil era el del hijo del cortadedos, Gustavo Alonso. Gustavo declaró que le habían robado el móvil ese mismo día y que no le había dado tiempo a denunciarlo. También declaró que durante el robo en la vivienda él estaba en casa, pero no tenía ningún testigo que lo confirmara, solo su palabra. El móvil se analizó y solo contenía huellas de Gustavo. El fiscal del caso determinó que si le hubieran robado el móvil deberían haber encontrado huellas del ladrón en el teléfono, al no ser así, el jurado concluyó que Gustavo era culpable.

—Puede que ese cabrón también esté implicado en la entrada en prisión de Gustavo —siguió Compadre—. Solo tenía que encontrar algún chorizo que hiciera el robo, no tendría muchos problemas al trabajar en la calle, seguro que conocía a más de uno que le debía un favor. Si le robaba al móvil a Gustavo y luego cometía el robo ya tenía encerrado a ese pobre tío. Ahora solo faltaba que el juez que le juzgara fuese el mismo que le condenó a él. En León solo hay dos juzgados de lo penal, no sería muy difícil que coincidiera.

—Pero eso no le aseguraba que el padre aceptara el plan de venganza —dijo Matilla.

—Eso solo no. Tendría que asegurarse de que el hijo muriera en la cárcel para que el padre aceptara la venganza. El dolor sería mucho más grande, sería mucho más fácil convencerle. Tendría que encontrar un camello en la cárcel que le diera la droga adulterada o que le diera una sobredosis de alguna manera que le hiciera morir. En ese caso ya tendría la segunda parte de la venganza mucho más fácil. Cortar los dedos a los miembros del jurado solo sería una estrategia bonita y adornada para tratar de convencer al padre. Su único fin era que acabara matando al juez. Cuando vio que lo teníamos pillado abortó la parte menos interesante, seguir cortando dedos. Una llamada obligaba al cortadedos a ir directo a por el juez, incluso sabiendo que lo teníamos acorralado. Si no le cogíamos a tiempo, su venganza podría llevarse a cabo de todas formas, ya que solo le importaba vengarse del juez. Todo encaja perfectamente.

Javi entró por la puerta, su cara era de sorpresa, Benito Cachán no estaba en Comisaría. Había abandonado su puesto de trabajo y no sabían dónde se encontraba. Estaba desaparecido.

Rápidamente Compadre ordenó tramitar una orden de busca y captura a nombre de ese cabrón. Mandó que se avisara a todas las patrullas por radio, tenían que encontrarle. Demasiado tiempo urdiendo la venganza para pensar que al final no lo iba a conseguir. Después de hablar con Compadre supondría que le tenían pillado y seguramente por eso desapareció. Ese tío era capaz de ir él mismo a matar al juez.

Mientras Javi tramitaba la orden de busca y captura de Benito Cachán, Matilla y Compadre subieron al despacho del Inspector Jefe Lorenzo para explicarle todas las novedades del caso. Estaban explicando a Lorenzo el plan de Benito Cachán cuando entró Javi a toda prisa con cara de asombro.

—¡Jefe! Nada más dar la orden de busca y captura de Benito hemos recibido una llamada de la patrulla que está vigilando la casa del juez. ¡Benito y otro hombre están subiendo a casa del Juez!

—¡No me jodas! ¿Cómo es posible?

—Al parecer Benito se presentó con un hombre. Explicó a la patrulla de vigilancia que era secretario de los juzgados y que tenía que entregar unos papeles muy importantes al juez. Les dijo que el Jefe Lorenzo le había dado la orden de acompañar al secretario a casa del juez y que entrara con él en la vivienda por prevención. No les pareció nada raro y les dejaron subir.

—¡Han subido los dos para matar al Juez! —exclamó el Jefe Lorenzo— ¡Estamos jodidos!

—¿Dónde están los agentes de protección? —se apresuró Compadre a preguntar.

—Afortunadamente, aparte de la patrulla que vigila el portal, tenemos un agente en la puerta de la casa del juez. Le han avisado para que no les deje entrar. Los otros agentes han subido detrás de ellos nada más enterarse.

—¡Tenemos que ir ahora mismo a casa del juez! —exclamó Compadre— Esos dos son capaces de cualquier cosa para culminar su venganza. Nada les detendrá y Benito tiene su arma reglamentaria.

—Joder, Compadre —dijo Lorenzo—. Espero que esto acabe bien. Id a toda leche para allí, yo mandaré más patrullas de refuerzos. Esperemos que los agentes de protección los hayan detenido antes de llegar a casa del juez. Solo nos falta un muerto para rematar toda esta mierda.

Cuando llegaron se encontraban dos patrullas más con el ruido de las sirenas. Habían marcado un perímetro de seguridad alrededor del portal. Varios vecinos seguían toda la operación policial con cara de asombro. Compadre se acercó a un agente que estaba en el portal con la pistola en la mano y algunas manchas de sangre.

—¿Está al tanto de la situación? —preguntó Compadre.

El policía era uno de los dos agentes que estaban de vigilancia en el coche patrulla cuando llegó Benito con el otro hombre. Después de conocer la búsqueda y captura de Benito Cachán avisaron al agente apostado en la puerta del juez de que subían los sospechosos. Se metió en casa con él para protegerle. Pensó que era lo mejor mientras pedían refuerzos. El policía y su compañero subieron detrás de Benito y su acompañante. Cuando llegaron al rellano del piso les dieron el alto y Benito se dio la vuelta, disparó e hirió a su compañero en la pierna. Justo en ese momento el vecino de al lado, alarmado por los disparos, abrió la puerta para ver qué pasaba y Benito y su acompañante dieron un fuerte empujón a la puerta y se atrincheraron en su casa. El policía ayudó a su compañero herido a bajar al portal para llamar a una ambulancia. Cuando estaban en el portal vieron llegar a otros dos agentes que ahora se encontraban en el rellano de la escalera e intentaban convencerles para que se entregaran.

—Creo que hará falta un mediador —expuso el policía nervioso.

—¡Ni hablar! Yo subiré —replicó Compadre.

En ese momento aparecieron cuatro hombres vestidos con trajes negros, cascos y chalecos antibalas. Uno de ellos llevaba un ariete para derribar la puerta. Eran agentes de la unidad de intervención especial, comúnmente llamada UIP. Les había enviado el Inspector Jefe Lorenzo. Compadre les contó la situación y subió con ellos hasta la puerta del piso donde se encontraban atrincherados. Compadre se puso en el lado izquierdo de la puerta, dos agentes de la unidad especial en el lado derecho y los otros dos en el rellano de la escalera. Compadre iba hacer de mediador. Sacó su pistola y la sujetó con las dos manos mirando al suelo.

—¡Benito Cachán! —gritó— Soy el Inspector Compadre.

Tras un corto silencio se oyó la voz de Benito Cachán detrás de la puerta.

—Inspector, ya se lo dije a los agentes. Solo queremos que nos entregue al juez. Tenemos al dueño de la casa y a su familia de rehenes. Si nos entrega al juez los soltaremos. Le prometo que no habrá ningún herido.

—¿Para qué quiere al juez? —preguntó Compadre— Sé perfectamente que su plan es matarle.

—Ese cabrón arruinó mi vida y la de Diego. Un Cachán tiene que hacer justicia y acabar con los traidores. ¿Cree que es fácil hacerlo desde la oficina de denuncias? Tengo un hermano abogado, otro periodista y una hermana política. Todos han triunfado en sus trabajos. Todos han seguido el legado de mi padre para hacer justicia. Para ser una familia Cachán perfecta y seguir el plan de mi padre solo hacía falta un hermano policía. Ese era yo, señor Inspector, era el plan perfecto para hacer justicia, pero ese juez truncó todos los planes. Yo solo quise hacer justicia con un camello culpable de la muerte de un chiquillo. Ese juez me condenó de por vida. No se puede hacer justicia encerrado en una oficina de por vida. Soy el eslabón que rompió la cadena que mi padre unió con tanto esfuerzo.

—Lo entiendo, Benito, pero no puedo entregarle al juez. Usted como policía lo sabe. No puedo entregárselo y mucho menos para que lo mate. Sabe que nunca lo consentiremos. ¿Por qué no se entregan y acaban con todo esto? Dentro de un tiempo nadie se acordará. Todavía no ha muerto nadie.

—¿Qué no se acordarán de esto? Yo nunca podré olvidar que fracasé como Cachán. Mi familia nunca me perdonará todo lo que ha pasado. He cometido muchos errores y me arrepiento, se lo aseguro, pero llegado a este punto todo me da igual, solo quiero acabar con todo esto, como usted dice, por eso necesito al juez. Tengo que acabar lo que empecé.

—¿Cree que a su padre le gustaría que acabara matando a un juez? Ya ha hecho bastante daño en nombre de su supuesta justicia. Entréguese y déjelo ya, no haga más tonterías.

—¡No! —fue la respuesta enérgica de Benito— Sé cómo funciona esto. Intentarán que pase el tiempo y el cansancio me haga darme por vencido. Pero le aseguro que no pararé hasta que me entreguen al juez y le aviso, acabaré con todo aquel que intente impedírmelo. Voy armado y Diego también.

Compadre se dio cuenta de que el asunto se ponía feo. Benito haría lo que fuera para matar al juez. No tenía más remedio que intentarlo de otra forma.

—¿Le ha contado a su amigo Diego que su hijo murió realmente por su culpa?

—¡No diga tonterías! Solo intenta ponerle en mi contra.

—¡Diego, escúcheme! —Compadre gritó para asegurarse que le oía— El móvil que encontraron de su hijo en el atraco fue robado por orden de Benito. Solo quería que inculparan a su hijo. Su hijo fue testigo de una paliza que Benito le dio a un camello y por eso está rebajado del servicio en la calle. Pensó que su hijo y el juez que le condenó eran los culpables de su fracaso como policía. Solo le ha utilizado para acabar con sus dos enemigos, nada más. Es una marioneta de una venganza urdida por Benito.

De repente se oyó un disparo en el interior de la vivienda. Compadre hizo una seña al agente especial que portaba la barra para que golpeara la puerta y entraran en el interior.

Los agentes especiales de la UIP entraron y detrás de ellos Compadre. Benito estaba en el suelo con un tiro en la cabeza sobre un baño de su propia sangre. Diego de rodillas sobre él con la pistola en la mano y llorando. Rápidamente los agentes le desarmaron, no opuso resistencia. Le esposaron y le sentaron en el sofá de la vivienda. Compadre se acercó a Benito y le tomó el pulso. Estaba muerto, no se podía hacer nada por él. El mismo hombre que le iba a ayudar en su plan le disparó y acabó con su vida. Quizás ese era el final más justo para su propia venganza.

Compadre bajó las escaleras del edificio con la sensación de que todo había acabado, pero con un sentimiento de culpa por no haber podido evitar la muerte de Benito Cachán. Por lo menos el juez seguía vivo y varios miembros del jurado popular seguían con su dedo índice en la mano. Pensó que no todo era malo. Al llegar al portal se encontró con Javi.

—Caso resuelto, Javi. Llama a la funeraria, Benito Cachán ha muerto. Diego Alonso le disparó en la cabeza. El juez y el resto de personas están bien.

Al mirar la barrera del perímetro de seguridad se encontró con Jaime, el hermano de Benito. Le hizo una señal al agente que protegía la barrera para que le dejara pasar. Compadre le explicó todo lo que había sucedido. Jaime no pudo contener las lágrimas, era su hermano y probablemente llevar el apellido Cachán le había matado.

Compadre se encontraba muy cansado, los últimos días fueron muy duros. Se montó en un coche patrulla y le dijo al agente que estaba en el asiento del conductor que le llevara a casa del viejo Comisario Roberto. Tenía que contarle que el caso estaba resuelto gracias a su ayuda.

Roberto abrió la puerta delantera del jardín de la casa nada más que vio bajar a Compadre del coche. Supuso que algo había salido mal nada más verle la cara. Le invitó a sentarse a la mesa del jardín y Compadre le contó lo sucedido, tal y como le había prometido.

—Inspector —dijo Roberto—, no puede pretender que todo salga bien, usted no tiene la culpa de nada. Yo tuve muchos casos en mi vida y le puedo asegurar que al final acabé convenciéndome de que si algo fallaba la culpa nunca era mía, siempre es de los asesinos, violadores o cualquiera que incumpla la ley. Un policía puede ayudar, pero no puede pretender arreglar el mundo. En su caso tiene que pensar que ha salvado la vida a un juez y hay varias personas que conservan su dedo gracias a usted y a su equipo. ¿Le parece poco?

—Tiene razón, pero quizás si hubiera llamado a un mediador ahora Benito Cachán estaría vivo.

—No se castigue a sí mismo, hágame caso. He conocido a muchos policías en mi vida y usted es un buen policía, se lo aseguro. Mire... lo que debería hacer es irse a casa a descansar y olvidarse de los Cachanes. Dentro de poco ya no volverá a tener sentimientos de culpa.

—Creo que será lo mejor. Muchas gracias por su ayuda. Todo esto ha sido gracias a usted.

—Muchas gracias a usted por venir a contármelo. Ya sabe que aquí tiene un amigo y un viejo compañero. Puede venir por mi casa cuando quiera. Le recibiré encantado. Eso sí, espero que no sea para hablarme de los Cachanes —Roberto sonrió y se levantó para acompañar a Compadre hasta la puerta. Se despidieron con un abrazo.

Al llegar a casa fue al baño a mojarse la cara con agua fría, quería refrescarse un poco. Vio el cepillo de Clara en el lavabo. A pesar de todo lo que había pasado no podía olvidarse de Clara. ¿Dónde estaría? ¿Sabría que el caso cortadedos había terminado? Tuvo la tentación de llamarla, pero sabía que eso solo supondría más dolor para él y para Clara. Lo mejor era esperar a mañana, seguro que se enteraría en Comisaría. Ahora se tumbaría en el sofá, ni siquiera había comido, pero solo quería descansar y olvidarse de todo por unas horas.

Llevaba dos horas dormido cuando le despertó el sonido del teléfono. Era el Jefe Lorenzo.

—Compadre, ¿dónde coño estás?

—En casa, Jefe. Estaba descansando un poco. ¿Ha pasado algo?

—Tenemos otro dedo en el museo de San Isidoro.

—¡No puede ser! ¡El cortadedos está detenido!

—No, Compadre, esta vez no ha sido el cortadedos. Ha sido Clara, se lo cortó ella misma. Lo llevó al museo y al dejarlo detrás del Grial se desmayó. Dejó una nota escrita. Iba dirigida a ti y por eso te he llamado.

—¿Clara? ¡Dios mío! ¡No puede ser! ¿Qué decía la nota?

—Te leo textualmente: " Compadre espero que esto sirva para demostrarte mi amor y me digas la verdad".

—¡Joder! ¿Dónde está Clara ahora?

—Está en el hospital. Será mejor que vayas lo antes posible.

15

Compadre subió lo más rápido posible al hospital. No podía creerse lo que había hecho Clara. Todo había sido por su culpa. Clara le quería y él la había abandonado por miedo a hacerla sufrir.

Preguntó por la habitación de Clara, al parecer estaba en el quirófano, le estaban intentando volver a poner el dedo que se había cortado. Tenía que esperar a que acabara la operación para verla, pero podía subir a esperarla en su habitación. "Ojalá pueda recuperar su dedo", pensó Compadre. Subió en el ascensor a la segunda planta del hospital y al salir se encontró de frente con Laura, que estaba llorando. Al verle, fue como una loca corriendo hacia él por el pasillo.

—¿Qué coño haces aquí? ¡Vete ahora mismo! ¿Cómo te atreves a venir aquí sabiendo que todo esto es por tu culpa?

—¡¿Por mi culpa?! Me temo que te equivocas. Esto es culpa tuya —Compadre la agarró por los brazos y la empujó contra la pared—. Todo esto no hubiera pasado si no me hubieras obligado a dejar a Clara. ¡La quiero!, ¿lo entiendes? ¿O no puedes entender que dos personas se quieran? Me da igual lo que pasó entre nosotros, consentí que me hicieras daño dos veces, pero te aseguro que no consentiré que hagas daño a tu propia hija. Estoy enamorado de ella y ella me quiere. Espero que te haya quedado claro después de lo que ha pasado. Voy a volver con Clara y vamos a ser muy felices juntos. Si me entero de que alguna vez en la vida, escucha bien lo que te digo, si alguna vez en la vida le cuentas algo de lo nuestro, juro que acabaré contigo. Te aseguro que no lo hago solo por mí. Ya soporté el dolor cuando me dejaste y no hice nada, pero ahora no es lo mismo. Ya no soy un chiquillo de 18 años al que puedas enredar con tu palabrería. Esta vez lucharé por el amor de Clara y te prometo que haré lo que haga falta.

Compadre soltó los brazos de Laura. Laura estaba asustada y se había quedado repentinamente muda. No pensaba que Compadre pudiera querer tanto a su hija. Quizás no fue justa con ellos. ¿Qué podía hacer? Su hija sufría y estaba en el quirófano. ¿Era una mala madre? ¿Qué culpa tenía su hija de lo que hizo ella? Estaba desconcertada.

—¡Lo que haga falta! ¿Has entendido? —Compadre la miró con los ojos llenos de rabia.

—¡Esta bien! Pero... ¿qué pasará si se entera de lo nuestro el día de mañana?

—¿Por qué se va enterar? Lo que pasó solo lo sabemos tú y yo. Los dos la queremos demasiado para hacerla sufrir inútilmente.

Compadre sabía que Tuca conocía su secreto, pero confiaba en él.

Se sentaron los dos en el sofá del pasillo, estaban más tranquilos, solo les preocupaba que Clara recuperara su dedo.

—¿Y ahora qué hacemos? —dijo Laura.

Tenían que ponerse de acuerdo en un plan que contar a Clara, tendría muchas preguntas que hacer a Compadre.

—Yo soy el gilipollas que la dejó —soltó Compadre— y tengo que arreglarlo.

Al cabo de una hora apareció un hombre vestido con traje verde que venía del quirófano de operar a Clara. Todo había salido bien, Clara recuperó su dedo. Compadre y Laura se abrazaron, era el mejor alivio en ese momento. Laura se puso de nuevo a llorar, tenía demasiada tensión acumulada. En breve traerían a Clara a la habitación, estaba en la sala de recuperación de la anestesia.

Compadre comenzó a pensar lo que le diría, no era fácil, pero eso no le iba a impedir recuperar a Clara. La quería demasiado y ya era hora de que dejaran de sufrir los dos.

Clara llegó a la habitación medio adormilada por la anestesia. Compadre y Laura se levantaron de la silla y ayudaron al enfermero a colocarla en la cama.

—Compadre, ¿estás aquí? —preguntó Clara sorprendida al verle—. Ya sé que lo que hice fue una tontería, más propio de una niña pequeña, pero no sabía cómo llamar tu atención. Te quiero tanto. Pensé que...

—¡Calla, Clara! —le espetó Compadre— Te encuentras muy débil, te acaban de operar. El único que se ha comportado como un niño pequeño he sido yo. Te prometo que te quiero, que estoy loco por ti. Jamás quise que ocurriera esto, te lo aseguro, pero prometo que compensaré con creces todo lo que has sufrido por mi culpa. Ahora tienes que recuperarte. No volveré a dejarte sola.

—Pero... ¿Por qué todo esto? Necesito una explicación, todo era perfecto.

—Miedo, solo miedo. Empezaba a quererte demasiado y me asusté, pero ya no tengo ningún miedo, te lo aseguro. No volverá a pasar. Solo deseo que me perdones y nos olvidemos lo antes posible de todo esto.

—¿Tengo mi dedo?

—Sí, cariño.

En ese momento entró por la puerta el doctor. Le contó que el dedo se pudo recuperar a tiempo, que iba a quedar muy bien, solo una pequeña cicatriz en la zona de unión y nada más. En dos o tres días se podría ir a casa.

—¿Qué va a pasar ahora, cariño? —volvió a preguntar Clara a Compadre.

—¿Que qué va a pasar? Que jamás nos separaremos. Nunca más lo consentiré, te lo prometo.

Clara miró a su madre, que estaba al otro lado de la cama.

—Mamá, lo siento. Tú también lo has tenido que pasar muy mal.

—No te preocupes hija, todo se arreglará. Compadre me explicó todo, es un buen hombre y te quiere, te lo aseguro.

Laura se abrazó a Clara llorando, estaba rota por el dolor que la había hecho pasar a su hija. Clara la consoló, pensó que todo era producto de la tontería que hizo con su dedo, pero su madre lloraba por mucho más que eso. Cogió a Compadre de la mano y le atrajo hacia ella, los tres estaban juntos. No quedaba otro remedio y tendría que ser así por mucho tiempo.

—Mamá, espero que perdones a Compadre, a ti también te ha hecho sufrir.

—Está perdonado, cariño —Laura miró a Compadre reafirmando el pacto.

Esta vez estaban de acuerdo, su hija no se merecía más dolor. Si tenían que silenciar el pasado lo harían por Clara. Los dos la querían demasiado.

—¿Sabes una cosa? —murmuró Clara—. A partir de ahora nunca voy a poder olvidarme de ti, llevo un recuerdo en mi dedo.

—Te juro que esa cicatriz te la curaré —replicó Compadre.

—¿Ah sí? ¿Y cómo lo vas hacer?

—Con mucho amor, cariño. Con mucho amor, al estilo Compadre.